재조일본인이 바라본 조선의 풍경과 건축

1910-20년대 『조선공론』 편

이 저서는 2007년 정부(교육과학기술부)의 재원으로 한국연구재단의 지원을 받아
수행된 연구임(NRF-2007-362-A00019).

재조일본인이 바라본
조선의 풍경과 건축

1910-20년대 『조선공론』편

김태경 편역

역락

　본서는 식민지기 조선에서 발간된 종합잡지 『조선공론(朝鮮公論)』
에 실린 기사 및 문예 중에서 풍경과 건축에 관련된 글들을 발췌
하여 번역한 것이다. 대상으로 하는 시기는 1913년 4월 창간호부
터 1927년 즈음에 걸쳐 있으므로 1944년까지 계속된 『조선공론』
전체 발행분의 절반가량에 해당된다. 1931년 중일전쟁으로 시작
되는 전장의 확대와 더불어 제국 일본에서 조선이 차지하는 위치
와 의미가 조정됨을 고려하면 식민지기 전반부에 걸친 '재조일본
인이 바라본 조선의 풍경과 건축'이라고 할 수 있겠다. 이하 본서
에서 다룬 글들에 대해 제목 및 발표연월을 제시하고, 각각의 글
의 성격과 내용에 대해 간략히 소개해둔다.

　「이조 5백년의 역사를 말해주는 흥미로운 창덕궁의 건축물」(1913년
8월). 이왕직(李王職) 차관으로 있던 고미야 미호마쓰(小宮三保松)가
남긴 것으로 대단히 흥미로운 글이다. "이왕 전하가 사시는 곳은
현재 창덕궁이라 불리지만, 이를 역사적으로 살펴보면 창덕궁과
창경궁으로 나눠야 할 것이다. 이하의 글에서 창덕궁의 역사를 조
금 이야기해 보려 한다."는 서언이 말해주고 있듯이 창덕궁과 창

경궁의 유래와 현재에 대해 서술하고 있다. 특히 글을 쓴 당시부터 창경원이라 불리게 된 식물원으로부터 동물원, 박물관에 걸친 일대의 기획과 조성을 본인의 치적으로 내세우고 있는 점은 주목할 만하다. 또한 조선식은 조선식, 일본식은 일본식, 서양식은 서양식으로 그 장소 및 사용 목적에 따라 엄격하게 구별하고 있음을 원칙으로 내세우고 있다. 이왕가의 평화와 행복이 일본 황실의 인자하심 아래에 나타남이 충심으로 기쁘다고 하며, 글의 말미에는 조선인들의 국가 의식이 희박함을 질타하고 이와는 달리 이세신궁(伊勢神宮)과 천황가를 받들어온 일본의 왕성한 애국정신을 칭송하며 끝맺고 있다.

「신축 낙성된 용산 철도병원」(1913년 12월). 용산 철도 관사 내에 신축된 병원에 관한 기사이다. 신축 본관은 목조 건물이고 통풍 채광 기타 시설 등 최신식을 취하고 있다. 특히 거의 수천 엔을 들여 완전한 X선 설비를 갖추는 등 반도에서 가장 최신의료기를 갖춘 모습은 이 사회가 참으로 기뻐해야 할 것이다. 짧은 글이지만 원장을 비롯한 의료진의 소개 또한 빼놓지 않고 있다.

「경성 조선호텔 개업」(1914년 11월). 이 해 10월에 준공 개업한 경성 조선호텔의 설립 경위와 목적에 대한 글이다. 본디 세계 교통 상의 목적으로 특히 외국인을 주목적으로 한 것이므로 모든 시설은 순전히 서양식이다. 이와 같이 건축에서도 장식에서도 각종 설비에서도 모두 구미식을 갖추고 있기에 호텔 측에서도 숙박객의 주의를 당부하고 있다고 한다. 맨발로 식당에 들어가는 거라든가 양복을 입고 구두를 신지 않는다든가 기생을 데리고 들어와 소란을 피운다든가 하는 일은 엄단한다. 단 기생이라고 하더라도 손님이라면 대 환영이다.

「현대 건축 상에 나타난 국민성」(1915년 1월). 공학사인 필자는 한 나라의 국민성을 알려고 한다면 그 국민의 집, 즉 건축을 보는 것이 가장 정확하다고 말한다. 하지만 한 나라에서도 시대에 따라 취향을 달리하므로 현대의 건축으로 범위를 제한하여 이를 논한다고 덧붙이고 있다. 독일, 오스트리아, 벨기에, 프랑스, 영국, 러시아, 미국 등 여러 나라의 건축을 각각의 국민성과 연결 지어 논하고 있는 점이 흥미롭다.

「조선의 산과 강 : 경부선에서 보다」(1915년 12월). 이 글을 쓴 이는 가와히가시 헤키고토(河東碧梧桐)이다. 그는 일본의 단형시인 하이쿠(俳句)를 대표하는 하이진(俳人) 중 하나이다. 조선을 방문한 그가 쓴 경부선에서 바라본 기행문이라 할 수 있다. 조선의 산과 강이 일본의 이러저러한 지역의 산과 강의 풍경과 유사하다고 계속해서 지적하고 있음이 인상 깊다. 어둡고 불결한 집 안과 순백의 옷을 대비시키며 기적이라 평하고 있다.

[공론문단 소품] 「기차 안」(1918년 5월). '공론문단 소품' 란에 실

린 글이다. 소품 또는 소품문(小品文)이란 동아시아에서 통용되던 산문의 한 형식을 이르는 말로 『조선공론』에서는 시기에 따라 소품문 혹은 단문(短文)이란 분류 하에 이와 같은 독자로부터의 투고를 게재했다. 당시 재조일본인들이 조선의 전국 각지에서 보내온 이 글들은 그들의 일상과 감정을 간략하나 세세하게 전달해주는 중요한 자료라고 생각된다. 각각에는 선자(選者)에 의한 평이 달려 있었다. 소품문의 선자는 시기에 따라 다른데 「기차 안」이 실린 1918년 5월호의 선자는 이시모리 고초(石森胡蝶)였다. 그는 후일 조선공론사의 사장까지 역임한다.

「국회의사당 건축 양식」(1918년 8월). 제국수도(帝都)인 도쿄(東京)에 새로이 지어지게 될 국회의사당에 대해 건축국 주임기사가 쓴 글이다. 건축 양식은 순수 일본풍으로 한정하지 않고 서양식, 절충식 등 자유로운 선택에 맡겨 현상모집 한다고 되어 있다. 이어 구미 선진국의 의사당에 대해 부지, 건평, 소요 경비 및 기간, 건축 양식 등을 간단하게 소개하고 있다.

「경성 부내의 부동산 사정」(1918년 8월). 경성 부내의 부동산에 관련한 짤막한 기사이다. 3층 건물 100엔, 2층 가옥 80엔, 1층 가옥 50엔, 조선 가옥 20엔이라 한다. 전 재산이 십만 엔 이상인 사람들의 명단이 금액과 더불어 공개되어 있다. 인천을 거점으로 활약하던 화교 거상 탄제성(譚傑生)이 세 번째로 이름을 올렸으며 송병준, 이용문, 윤택영과 같은 조선인들의 이름이 눈에 띄는 점도 주목할 만하다.

「조선토목건축협회 추계총회」(1919년 11월). 이 해 10월 19일 경성호텔에서 개최된 조선토목건축협회 제1회 임시총회의 모습을 시간 순에 따라 스케치한 기사이다. 협회 전형위원회의 명단을 통해 당시의 건축계가 일본에서 건너온 건축기술자로 대부분 구성되어 있었음을 알 수 있다.

「주택 개조의 급무 : 표준가옥제도 채용의 필요성」(1920년 7월). 필자는 원래 일본 주택이 비과학적, 비문명적임을 면하기 어렵다고 한다. 갑·을·병 각각의 집뿐만 아니라 한 집안에서조차 치수가 다른 이러한 무질서하면서 통일되지 않은 모습은 문명국인 제국으로서 상당히 수치스러운 것이라고 한다. 이는 조선 가옥 및 조선에 세워진 일본 가옥들도 마찬가지이다. 이 글은 해결책으로서 표준가옥제도 채용의 필요성과 이점에 관해 논하고 있다. 규격화와 표준화에 따라 조재(造材), 운재(運材), 제재(製材), 다다미(疊), 건구(建具), 건축 청부, 주문자, 국가경제에 있어 각각 어떠한 이득이 있는지를 상세히 설명하고 있다.

「주택 개선 방침에 대하여」(1920년 11월). 국민생활 개선 방안의 하나로 주택개선위원회에서 정한 방침을 소개하고 있다. 주택은 점차 의자 식으로 바꿀 것, 접객 본위를 가족 본위로 바꿀 것, 설비는 허식을 피하고 실용에 중점을 둘 것, 정원은 보건방재의 실용성에 중점을 둘 것, 가구는 간단함과 견고함을 최선으로 삼고 주택 개선을 할 것 등을 제안하고 있다.

[창작] 「떠돌이」(1921년 1월). 제목 앞에 '창작'이라는 표시가 있어 소설 장르에 속하는 글임을 밝히고 있다. 작자는 『조선공론』의 '공론문단 소품'란의 선자를 담당했던 이시모리 고초이다. 고향을 떠나 조선에 건너와 오랜 기간 생활하고 있는 히사요시(久吉) 집안의 부인 기미코(君子)의 출산 전후에 일어난 여러 일들에 대한 이야기이다. 전체적인 주제의 완성도가 떨어지며 특히 마지막 부분을 성급히 마무리 지은 점이 아쉽다. 인물 설정에도 개연성이 없으며 혼란스럽다.

「평화박람회에 나타난 일본의 건축계 : 구미 건축의 일본화에 주목하라」(1922년 6월). 도쿄제대 공과건축 학장이자 평화기념 도쿄박람회 건축심사부장을 맡은 쓰카모토 야스시(塚本靖)가 쓴 글이다. 평화기념 도쿄박람회는 1922년 3월 10일부터 7월 20일에 걸쳐 도쿄에서 개최되었다. 여기에는 다양한 디자인의 전시관이 세워졌는데, 이 글은 박람회의 건축부에 속하는 문화촌(文化村)에 대한 옹호의 내용이 주를 이루고 있다.

「지진과 건축」(1923년 10월). 1923년 9월 1일 간토 대지진이 일어났다. 도쿄와 요코하마 일대의 피해가 컸다. 이 글은 '내지'에서 일어난 대지진을 교훈 삼아 내진보다도 내화(耐火) 건축을 철저히 해야 함을 말하는 등 실질적인 제안을 내놓고 있다. 더욱이 지진에 대해 가장 안심할 수 있는 구조는 철근 콘크리트 구조임을 설파한다. 마지막에 '조선과 지진'이란 제목 하에 조선의 상황에 대해 언급하고 있는 점도 흥미롭다.

「도시개선과 주택문제」(1924년 1월). 조선토지경영주식회사 사장인 시노자키 한스케(篠崎半助)가 도시 주거환경 개선과 관련하여 쓴 글이다. 주로 교외 주택지 건설 문제를 적극적으로 개진하고 있다.

[창작]「흘러와서」(1925년 9월). 제목 앞에 '창작'이라는 표시가 있으나 체험담적인 성격이 강한 글로 생각된다. '기자 생활 기록'이라는 부제와는 다소 거리가 있어 기자가 되기 전까지 자신이 조선에서 처해 있었던 상황과 구직 과정에 대한 이야기라 할 수 있다. 부랑자나 다름없는 처지에 놓인 화자가 자신을 스쳐가는 조선인의 당당한 걸음걸이 및 누추하지만 지붕 있는 집에서 잘 수 있음을 부러워하는 장면 등이 그려진다. 조선인의 가옥만으로 이루어진 변두리 일대를 지나면서는 '내지'인에 대한 반감으로 일어날 쿠데타에 대한 환상까지 들기도 한다. 공설야구운동장으로 보이는 공터에서 고향집 부모형제를 떠올리며 하늘 별 아래 잠든다. 다음 날 아침 우연히 『반도신보(半島新報)』라는 신문사 앞에 서게 된 그

는 편집장의 소개장을 들고 사장의 자택을 찾아가게 된다. 마지막에 '계속'이라고 나와 있으나 후속편은 확인되지 않는다.

「광화문의 신청사」(1926년 2월). 조선총독부 건물은 1926년 당시 '동양 제일'의 건축물로 경복궁 구내에 새로이 완공되었다. 일본 식민통치의 상징이라고 할 건물로 해방 후에는 중앙청과 국립중앙박물관 등으로 쓰였으나 1995년에 해체되었다. 이 글에서는 현관 사용에 있어서의 차별, 식당에 대한 비난 등 부정적인 면을 부각시키고 개선을 요청하고 있다. 인사이동 등에 대해서도 언급하고 있다.

「봄과 경성 근교」(1926년 4월). 오랜 겨울의 추위에서 해방되어 봄빛을 맞으며 소생의 기쁨에 들뜬 경성 사람들. 이러한 경성의 도시인들이 당일치기로 다녀올 수 있는 교외의 명승지를 소개하고 있다. 동구릉, 남한산성 등 지금도 서울시민들의 휴식처 역할을 하고 있는 교외는 물론이고 현재는 도심에 가까운 독립문, 세검정 등을 소개하고 있다. 멀리는 인천, 수원, 온양, 유성온천에 더해 개성까지 등장한다. 현재 시점에서 바라볼 때는 청량리에 대해 버드나무가 가지를 늘어뜨리고 소나무가 무성하여 청량(清凉)이라는 이름에 모자랄 바가 없다고 평하고 있는 점이 새롭다.

「대 경성의 건설」(1926년 6월). 대(大) 경성 건설의 구상 및 이에 수반될 장애에 관해 경성부윤(京城府尹) 우마노 세이치(馬野精一)가 쓴 글이다.

「대 조선 건설과 철도 보급망의 급무」(1926년 6월). 본 특집 권두언 성격의 글이다. 철도 관계자들에 의한 관련 글 세 편이 이어진다. 이 글들이 실린 『조선공론』 6월호는 '대조선건설호(大朝鮮建設號)'임을 내세우고 있다.

「30년 후의 대 경성」(1926년 7월). 글쓴이는 국민협회본부의 가메오카 에이키치(龜岡榮吉)라고 되어 있으며 상상력을 동원하여 본 30년 후 경성의 모습이 그려져 있다. 이 시기에 갑자기 '대(大) 경성' '대(大) 조선'이라는 수식어가 집중하여 등장하고 있음은 주목할 만하다.

이러한 글들이 발표된 1926년부터 30년 후라 하면 대략 1950년대 중반이라 할 수 있겠다. 해방 후 10년 가까운 세월이 흐른 경성, 즉 이 시점의 서울은 '대' 서울이라 불릴 만한 도시가 되어 있었던가. 아니 오히려 한때 이 식민도시를 건설하고자 했던 꿈과는 달리 그들이 그어놓은 38도선을 경계로 위임통치가 실시되고 이를 도화선으로 일어난 6·25라는 전쟁의 참화로 인해 결국 서울은 폐허로 변했던 것이다. 종주국 일본에서 건너와 식민지 조선의 수도 경성에서 생활했던 그들은 자신들이 한때나마 고향으로 삼았던 '경성'이 바로 자신들이 뿌린 씨앗으로 인해 잿더미로 변할 줄을 알고 있었을까. 30년 후에도 이곳 경성에 머물려고 했던 그들이 꿈꾸었던 30년 후의 대(大) 경성은 한갓 헛된 꿈이었다.

차 례

이조(李朝) 5백년의 역사를 말해주는 흥미로운 창덕궁의 건축물

●

고미야 미호마쓰(小宮三保松)

이왕직(李王職) 차관

이왕 전하가 사시는 곳은 현재 창덕궁이라 불리지만,

이를 역사적으로 살펴보면 창덕궁과 창경궁으로 나눠야 할 것이다.

이하의 글에서 창덕궁의 역사를 조금 이야기해 보려 한다.

(一)

창덕궁은 지금으로부터 오백년 전 이조의 태조 즉위 당시에 별궁으로서 지어진 것이다. 이후 인조 25년에 화재가 있었으며 지금으로부터 320년 전 호타이코(豊太閤)[1] 시절 문록의 역(文禄の役)[2] 때에 궁전 누각의 거의 전부가 전화를 겪었으나, 그로부터 17년이 지나 광해군 원년에 재건되었다. 이후 3백년간 수차례의 변란과 정쟁이 있었고, 태평한 치세가 있는 한편으로 처참한 비극도 있었

---

1) 도요토미 히데요시(豊臣秀吉)를 높여 이르는 말
2) 임진왜란의 일본식 호칭. 이하 임진왜란으로 번역

다. 특히 메이지(明治) 17년(1884) 하나부사(花房) 공사 주재 시대에 일어난 조선 사변도 이 궁궐 내에서 일어나 병마검극(兵馬劍戟)이 오가는 수라장이 되었던 기억이 생생한 곳이다. 그리하여 이 사변 후 당시의 국왕, 즉 지금의 태왕전하는 경복궁으로 몸을 옮기셨으나, 경복궁에서 민비의 사건이 있고나서 다시 경운궁(지금의 덕수궁)으로 옮기셨다. 허나 지금의 이왕 전하가 당시의 한국 황제로 즉위한 동시에 20여 년간 폐궁으로서 잡초가 무성하고 황량하며 숙연한 광경에 잠겼던 창덕궁은 다시금 이조의 궁전이 되어, 지금은 참으로 평화와 행복을 향유하고 우리 황족의 반열에 들었으며 우리 폐하의 지인(至仁)을 입어 그 영광이 끝없는 이왕 전하께서 사시는 곳이 되기에 이르렀던 것이다. 즉, 창덕궁의 나무 하나 돌 하나는 모두 이조 5백년의 흥망성쇠와 내외의 정변을 이야기하는 기념물이 되기에 부족함이 없는 것이다.

(二)

창경궁은 창덕궁 동부의 인접지로 총독부 의원을 마주보는 일대의 지역에 해당하며, 지금은 이 지역을 창경원이라 부르고 있다. 성종 14년 지금으로부터 430년 전에 지어져 처음에는 수강궁(壽康

宮)이라 불리었으며 선조 25년, 즉 임진왜란 때에 창덕궁과 마찬가지로 전화를 겪었으나, 광해군 8년 지금으로부터 297년 전에 재건되었다. 이후 300년 간 쇠퇴의 극에 달해, 전각도 누각도 비바람에 맡겨진 채 잡초만 무성하여 거의 흔적도 남지 않은 꼴이었다. 허나 지금의 이왕 전하가 경운궁에서 이전하시고 마침 내가 궁내차관으로서 일본인 관료를 거느리고 취임한 즈음에, 당시 통감 이토(伊藤)공3)이 궁정 정치의 쇄신을 단행하셨다. 제국의 경찰력을 가지고 잡배들의 출입을 금하고 제반의 문물, 제도, 양식, 전례를 개선하였으며 한편으로는 인정전(仁政殿)을 시작으로 대소 전각의 대수리를 시행하였다. 당시 작다 하더라도 한 나라의 주권자로서의 위용을 보여주는 동시에 왕가의 오락을 겸하여 대중의 관람에도 사용할 목적을 가지고 박물관·식물원·동물원을 설계한 때에, 나는 본 창경궁의 부지를 가지고 이런 경영에 적당한 지구로 생각하여 그때부터 평범하고 하릴없이 쇠퇴한 많은 건축물을 철거하고 다소 가치가 있고 또한 역사적으로 보존해야 할 것에 대해서는 충분한 보존 방법을 구상하였다. 황무지를 개간하고 웅덩이를 메워 북부는 식물원으로, 중부는 박물관으로, 남부는 동물원으로 각 지역을 정하여 공사를 시작하였고, 메이지 42년(1909)에

---

3) 이토 히로부미(伊藤博文)를 가리킴.

이르러 대략적 완성을 고했던 것이다. 그리하여 그 안의 박물관 사무실 및 관람실은 실제로 이러한 보존해야 할 유서 깊은 건축물을 사용하고 있다. 즉, 명정전(明政殿), 경춘전(景春殿), 통명전(通明殿), 양화당(養和堂), 함덕정(涵德亭) 등 그 주요 건물들이다. 또한 진열된 불상, 도자기, 서화, 거울, 금속품, 조각품 등 빼어나고 대부분 세계적 보물이라고 해야 할 최고 귀중품만은 새로 지어진 벽돌식 신관에 진열했다. 이는 화재, 도난 등의 예방을 위해 어쩔 수 없는 결과였다. 또한 여기서 명정전에 관해 한 마디 해야겠는데, 이는 궁궐사에도 고려 시대의 건축물이라고 되어 있다. 내가 연구한 바에 따라도 이 건축의 구조양식 및 색채 등 특히 정전이 남쪽을 향하지 않고 동쪽을 향하는 따위를 보았을 때, 아무리 보아도 이조 초반에 이 궁궐을 세웠을 때에 지어진 궁전이라고는 믿어지지 않는 것이다. 필시 이는 이 지역이 고려조 시대의 사원 부지였던 것을 이조에 이르러 궁궐을 지었을 때, 사원 건물을 그대로 보존한 것이 임진왜란의 전화를 피해 오늘날에 이른 것으로 생각되어진다. 그런데 마노(間野) 공학박사는 어떠한 고증을 거친 결과인지, 이조에 들어 궁전으로서 건설된 것이라는 설을 주장하고 있다. 물론 조선의 미술공예를 전공하는 대가의 설이기 때문에 간단히 반대할 것은 아니지만, 오늘날까지의 연구로 보자면 아무리 봐도 이조 때 건축물이라고 보기는 어렵다. 또한 궁전으로서 특별히 지어졌다고도 믿기 어렵기에 유감이다. 여하간 나는 이 명정전을 창덕궁에서 가장 오래되고 귀중한 건축물로서 보존하고 있다.

(三)

전술한 바와 같이, 창덕궁 및 창경궁은 메이지 17년의 변란으로부터 20여 년간 황량한 폐궁이었으나 이윽고 지금 이왕전하의 즉위에 이르러 왕가의 궁전이 되기에 이르렀다. 동시에 나도 무슨 인연인지 이즈음에 이왕직을 맡게 되었기에 나는 심대한 흥미와 혼신의 노력을 다하여 궁전의 수리 조영에 착수했다. 그리고 방침으로 조선의 고대문명의 유물이라 할 수 있는 건축물을 보존하여 영원히 전해지도록 하는 것은 세계의 학술 연구에 공헌하는 것의 일환이라고 믿었다. 그렇기에 먼저 전각, 누각 중 주요한 부분을 선택하여 이를 수리하고, 동시에 불용 가옥 등은 마음먹고 철거하고, 수목을 심고 도로를 열고, 연못을 파고 계곡을 이어 정원을 축조하였다. 물론 정원이라고 해도 비원처럼 규모가 광대하며 유수(幽邃)하고 한아(閑雅)한 지역이 있기 때문에, 이와는 별개로 내가 새롭게 축조한 부분은 지금의 식물원으로부터 박물관, 동물원에 걸친 일대이다.

　이미 나는 조선의 건축미술 등에 관하여 열심히 보존의 방법을 강구하는 동시에 식물원 및 그에 부속된 다른 곳의 경영 등은 완전 서양식으로 하여 한 치도 조선풍을 가미하게 내버려 두지 않았다. 또한 별개로 순수한 내지(內地)풍 어전(御殿)식 건축을 세우고 그 실내의 가구 장식류 일체를 고아(古雅)한 일본식에 맡기어 이 집에는 서양풍, 조선풍 취미가 조금도 들어가지 않도록 하였다. 이외에도 모든 곳에 이 흐름을 관철하여 이론적으로도 취미 면에서도 애매하거나 혹은 모의적인 설계는 단호히 피하여 조선식은 조선식, 일본식은 일본식, 서양식은 서양식으로 그 장소 및 사용 목적에 따라 분명히 이를 구별하였다. 다행스럽게 이왕전하 및 왕비전하 같으신 분들도 이 일본식의 건축물에 대하여 불쾌한 생각 등은 전혀 하시지 않으셨을 뿐만 아니라 비상한 흥미를 가지셨다. 이번 여름에 들어서 목요일마다 친척 및 옛 노신(老臣) 등을 초대하여 연 오찬은 반드시 일본식의 대 접견실에서 방석에 앉으신 채 식탁을 쓰신다. 또한 만찬 후에도 기분 전환을 위해 왕비전하를 대동하여 시녀를 거느리시고 달빛을 맞으시면서 물위 정자에 나오시어 심히 즐겁게 천진난만한 이야기로 밤이 깊어가는 것을 잊으시는 것도 자주 있는 일이다.

(四)

창덕궁 내의 건조물 중 중심으로 삼아야 할 것은 인정전이다. 이는 순조 4년 지금으로부터 109년 전에 건축된 것으로 옛날 문무백관을 국왕이 인견하실 때의 정전임은 굳이 말할 필요도 없다. 이 건물은 선정전(宣政殿)으로 이어진다. 이는 이른바 편전(便殿)으로 현재는 보통 이 건물을 접견소로 쓰고 있다. 그리고 평상시 왕이 거주하시는 곳은 대조전(大造殿)이라 하는데, 순조 34년 지금으로부터 79년 전에 지어진 건물이다. 그 구조는 중앙의 접견실을 대청(大廳)이라 부르고, 마주한 오른쪽은 흥복헌(興福軒)이라 부르고 전하가 계시며, 왼쪽은 관리각(觀理閣)이라고 하며 왕비전하가 계시는 곳이다. 또한 그 전후좌우에 경훈각(景薰閣), 징광루(澄光樓), 희정당(熙政堂), 양심각(養心閣) 등이 있고, 이 각각의 건물을 잇는 회랑이 있다. 이 일대가 이른바 내전(內殿)으로 잡무를 담당하는 관리나 여관(女官)들이 아니면 출입할 수 없는 곳이나, 이곳을 나오면 승화루(承華樓), 악미재(樂美齋)가 있고, 나아가 비원(秘苑)에 들어가면 어수문(魚水門)을 지나 주합루(宙合樓), 애연정(愛蓮亭), 춘우정(春雨亭), 영화당(映花堂), 개유와(皆有窩), 연경당(演慶堂), 부용정(芙蓉亭), 승재정(勝在亭), 존덕정(尊德亭), 청심정(淸心亭), 능허정(凌虛亭),

취규정(聚奎亭), 소요정(逍遙亭), 대극정(大極亭), 청의정(清漪亭)이 있다. 나아가 장락문(長樂門), 조양문(朝陽門), 양휘문(揚輝門) 등이 있고, 그 외 정자와 누각들이 끝없이 이어져 모두 시적 풍류의 제자(題字)가 되고 또한 연구(聯句)가 된다. 나무 그림자 이리저리 드리우고 개울소리 귀를 씻는 유수(幽邃)한 곳에 조선식의 고아(高雅)한 구조와 색채로 지어져 있다. 드물게 육칠십년 전에 지어진 것도 있지만 대부분은 이백년 이상 최고 280년 전에 조영되어 명명된 것들이다. 물론 지극히 간단한 건물이기에 수년 동안에는 누차 개조 수리를 거듭하여 최초의 모습은 볼 수 없다고 하더라도, 요는 기원을 거슬러 올라가면 오래된 건물이라는 것이다. 비원 속 깊은 곳에 한 줄기 개울물 흐름은 천고(千古)의 비취색을 띄우고 잔원(潺湲)히 암석 사이를 흐르는 한아유적(閑雅幽寂)한 땅이 있다. 이는 유명한 '옥류천(玉流川)'이다. 옥류천이란 인조의 필체로 그 이름을 암석에 새겨 놓은 곳이다. 또한 이곳에 숙종 때 "비류삼백척(飛流三百尺), 요자구천래(遙自九千來), 지시백홍기(知是白虹起), 번성만학뢰(飜成萬壑雷)"라는 시구절이 새겨져 있지만, 잔원한 개울물 흐름에 대해 이런 과장된 문구는 유감없이 조선식을 발휘하는 것이기에 조금 골계스럽다거나 또는 애교스럽다고 말하지 않으면 안 될 것이다. 비원의 한켠에 대보단(大報壇) 흔적이 있다. 이 단의 유래를 말하자면 이조의 명조(明朝)와 청조(淸朝)에 대한 역사상의 관계를 엿보기에 충분한 이야기이다. 즉, 조선은 원래 옆나라 지나(支那)[4]에서 보자면 속령(屬領)이다. 조선 자신도 고래로 지나를 대국으로 우러르며 중화라 받들었고 대등한 국제 관계라고는 생각지 않았던 것이다. 즉, 이조에 이르러서도 명(明)을 받들고 신하의 예를 취하며 명의 책봉을 바라 매년 조공을 보내고 있었다. 이리하여 명은 또한 이조에 대해서는 평상시에는 관대한 정책을 취하였을 뿐만 아니라, 임진왜란 때처럼 자국의 방위 이외의 의미로도 조선을 구원하기 위해 대군을 파견하여 방전(防戰)하였고 다대한 희생을 지불하길 마다하지 않았기 때문에, 이조는 명에 대해서는 특별히 감사하여 이 덕을 추모한 결과, 궁중에서 서민에 이르기까지 관습, 의식(儀式), 복장 등을 모방하는 형편이었다. 그런데 청조에 이르러서는 대조선 정책이 은혜를 베푸는 것이 박해졌을 뿐만 아니라, 다분히 잔혹한 억압의 극을 달렸기에 조선인은 청조에 대해서는 형식적으로 복종하여도 마음은 복종하지 않았다. 특히 임진왜란 때 원조한 은혜도 있기에 숙종 30년에 명의 신종(神宗)을 제사지내는 제단을 지어 이를 대보단이라고 이름 지었다. 이후 영조 25년에 이르러 명의 태조 및 의종을 제사지냈다(신종은 임진왜

---

4) 일본에서 중국을 '중국(中國)' 한자 그대로의 의미를 부정하여 달리 부르던 말

란 당시의 명 황제이다). 그리고 그 이후 이조에서는 매년 봄가을 두 계절에 왕이 친히 제전을 행하여 명조의 은혜에 감사하고 이에 보답한다는 뜻을 나타내고 있다. 이는 단순한 보은 이상으로 청조의 정책을 무시하고 이른바 빈정대고 있었던 것이다. 즉, 이조의 마음은 명조를 받들고 형식으로만 청조에 복종하고 있었다고 하는 사실을 증명하는 것이다. 허나 이 단은 조선이 청일전쟁 후 지나의 예속으로부터 벗어나 독립된 대 한국(韓國)을 건설하고 대 한국 황제가 되어 건양(建陽) 원년 연호를 세우기에 이르고, 서대문 쪽의 영은문이 독립문이 되고 모화관이 독립관이 되는 동시에 대보단도 완전히 존재의의를 잃기에 이르렀다. 이후 쇠퇴하여 그 누구도 돌보는 이 없이 내가 취임한 때에도 거의 잔초패옥(殘礎敗屋)이 울창한 노목들 사이에 놓인 것에 지나지 않는 상태였다. 지금은 이 잔초를 수리하여 단순히 역사가의 연구 자료를 공급할 뿐이다.

식물원 북부에 관덕정(觀德亭)이라는 곳이 있다. 지금은 단지 관람객들의 휴게소로 사용되고 있지만 이는 채상단(採桑壇)의 흔적이다. 이 단은 270년 전 인조 시절에 세워졌다. 단 아래의 전면에는 뽕나무와 농작물을 재배하는 밭 등을 만들어 이를 팔도(八道)로 구별하여 경작 수확의 양식을 취하였으며, 국왕이 친히 나와 오곡의 풍년을 기원하고 농상의 업을 권하고 또한 서민의 고충을 물었다고 하는 지나 류 인정(仁政)의 형식을 배운 흔적이다.

(五.)

현재 창덕궁 지역은 정문인 돈화문(敦化門)에서 인정전 앞을 거쳐 한편에는 동·식물원, 박물관 부지인 창경원과 후방의 비원 전부를 거쳐 총 면적 19만 5천 8백 평이고 건물 총 면적은 약 5천 5백 평이다. 특히 비원은 단지 조선의 자랑거리일 뿐만 아니라, 모국인은 말할 것도 없고 외국 귀빈이 내유(來遊)하여도 동양의 명원(名苑) 중 하나라고 찬사를 보낸다. 구릉도 있고 개울도 있고, 노송과 괴암의 운치가 있다. 소나무는 개울물 소리와 어우러져 귀를 맑게 해주고, 그 사이에 고색(古色)을 헤아려야 할 누각, 정자가 출몰하여 한층 더 풍취를 곁들인다. 봄에는 꽃이 피고 가을에는 단풍이 들고 밤 줍기나 송이버섯을 따는 재미도 즐길 수 있어 그 어디 하나 왕 된 자의 정원되기에 부끄럽지 않다. 인공을 사용한 흔적이 적고 대부분 천연적 지형에 따라 만들어졌다. 최근에는 고저차가 있는 산간 계곡을 꿰뚫어 세 간폭(間幅)의 대로를 종횡으로 만들었기 때문에 왕 전하께서는 왕비 전하와 마차에 동승하여 매주 한 번은 외출하시어 여기저기 누각과 정자에서 쉬시며 차를 즐

기고 청한(淸閑)을 즐기신다. 그때엔 친척분의 부인, 따님, 시중 궁
녀 등이 따르고, 어떤 때에는 총독이나 정무총감의 부인, 아이, 옥
백(玉伯)의 부인 등을 동반하시어 정원 내의 비취색이 방울지는 것
처럼 곁에서 노니시는 것은 완전히 우리 황실의 인자하심 아래에
이왕가의 평화와 행복이 나타난 것으로 나는 충심으로 환희에 들
뜬다. 그 외에 나의 취임 이후의 건조물은 식물원의 배양실 및 본
관의 온실설비, 박물관의 특별품 진열관, 동물관의 하마, 코끼리,
그 외 열대 동물의 수용실, 이왕직의 청사와 특별히 주의를 기울
인 것은 보각(譜閣), 봉모당(奉謨堂) 등이 있다. 이들 중 어떤 것은
서양의 최신식으로 그 분야의 전문가에게 설계를 맡기고, 어떤 것
은 내부를 양식으로 하고 외부를 조선식으로 하여 다른 건조물 및
사원(四苑)의 정원과 풍치상의 조화를 지키는 등 적지 않은 고심을
요했다. 이중 보각과 봉모당은 이왕가 역대의 계보, 기록, 국왕의
수기, 유물, 왕위계승의 금책, 국새 등 왕가로서 존중해야 할 뿐만
아니라 역사상 보존해야 할 귀중품이다. 이 문표(門標)는 이왕 전
하의 필체, 현관문의 제자는 태왕전하의 필체로 보각, 봉모당이라
고 씌어 있다.

(六)

　창덕궁의 건조물을 말하자면 함께 논하지 않을 수 없는 것이 종묘이다. 종묘는 창덕궁에 접하는 지역 5만 6천 5백여 평으로 태조 즉위 당시 지금으로부터 520년 전에 창립되었다. 임진왜란 때에 전화를 입어 모두 소실되었지만 병란이 진정된 직후에 재건된 것이다. 구조물은 순전히 조선의 제전(祭殿)식으로 본전과 영녕전(永寧殿)으로 나뉘어 이조 27대와 태조 이전 4대 원조(遠祖)의 위패를 안치하고 있다. 상당히 장엄하고 고색창연하다. 부지 내에는 재실제기고(齋室祭器庫) 등이 배치되어 옛 시절의 모습을 남기고 묘 주위는 노송고목이 울창하여 비원과 마찬가지로 경성 시가 내에서 꼭 보아야 하는 유수한 경관이다. 조선에서 전해지는 기담으로 임진왜란 때 일본군이 경성에 진군하여 국왕은 수도를 버리고 평안도에 파천했을 시절, 우키타 히데이에(浮田秀家)가 이 묘에 들어가 숙영했다 한다. 이에 태조의 신령이 노하여 군영에 요괴가 출몰하고 변이가 누차 이어져 결국 히데이에는 묘전(廟殿)에 불을 지르고 떠났다는 아주 그럴싸한 지어낸 이야기이다. 허나 이에 한마디 덧붙이자면, 일본의 역사에는 조선의 역사에서 보이는 것과 달리 당시의 일본군은 기율이 엄정하고 추호도 남을 해하지 않았으며 멋대로 궁궐, 민가 등에 방화를 저지르지 않은 게 사실이다. 오히려 조선인은 국왕이 수도를 버렸다는 것을 듣고 질서가 회복되기까지 무정부 상태였던 기회를 틈타 방화하고 낭자(狼藉)하고 약탈의 극에 달한 것은 물론 창덕궁이나 창경궁도 이들 폭도들로 인해 불타버린 것이다. 사실은 그들 스스로가 불태운 것이다. 그리하여 일본군이 경성을 점령하고 폭도를 진압하여 시가지의 질서를 정리하고 나서야 인민은 비로소 안도하고 본업에 종사할 수 있었다고 하지 않는가. 아무리 폭도라고 해도 궁궐에 불을 지를 정도였다는 것은 당시 이조의 악정(惡政)이 민심을 잃어버렸던 상태를 보는 데에 충분할 것이다.

(七)

여기에 더해 종묘에 대한 조선인들의 관념에 대해 말미에 소감을 덧붙이자면(이하는 병합 이전의 일을 말한다), 그들은 종묘를 국조(國祖)의 묘라고 인정하지 않고 완전히 이씨 일가의 종묘라 보아 국민과는 하등의 관계도 교섭도 가지지 않는다. 따라서 숭배해야 할 것이 아니라고 보고 있는 듯하고, 만약 내가 시험 삼아 다수의 조선인을 길거리에서 붙잡아 "종묘는 어떠한 곳인가?" 하고 물어

본들 그들 다수는 "몰라"라고 대답할 것이다. 또한 종묘의 제전이 몇 월 며칠에 열리는지를 기억하는 자도 없을 것이다. 종묘 앞을 지나가며 경례하는 자도 없을 것이다. 이 점은 일본과 입국(立國)의 근본의식의 차이, 황실과 인민과의 관계 차이, 또한 역대 주권자의 인민에 대한 정치의 선악 차이, 인민이 황실을 섬기는 정신이 다른 결과일 텐데, 요컨대 놀랄만한 차이가 아닌가. 일본에서는 예부터 내려오는 산간벽지의 노옹, 노파도 일생에 한 번은 반드시 이세(伊勢)의 대묘(大廟)에 참배하고, 삼척동자도 대묘의 은혜로운 신성함을 알지 못하는 자가 없지 않은가. 논의가 여기에 이르면 나는 더욱 우리 제국 단체(團體)의 선미(善美)하면서 신성함이 세계 만국에 앞서 뛰어나며, 역대 천황의 신민(臣民)을 사랑하심이 인덕의 감화와 국민의 선조로부터 내려오는 혈통적 충군의기(忠君義氣)를 풍부하게 하며 애국정신이 왕성한 이유를 느끼는 바가 참으로 깊다.

＊『朝鮮公論』 第1卷5号, 1913.8

33

신축 낙성된
용산 철도병원

용산 철도 관사의 한편에 의연히 일대 신축 양식 건물이 세워진 것이 보인다. 이는 지금까지의 용산 동인병원(同仁病院)이 9월을 기하여 용산 철도병원이라 개칭하고, 동시에 신축 낙성하는 것이다.

조선에서 동인회의 병원은 용산에 본부를 두고, 조선 각지에 의원을 특파하여 지방민의 의료를 담당하게 하였다. 조선 각지의 일본인과 조선인은 모두 이 병원의 신세를 지는 경우가 많고 특히 용산 본부에서는 철도국의 보조를 받아 철도 사원의 의료사무에 상당히 활약해 왔는데, 이번에 완전히 용산 철도병원이라고 개칭하고 규모를 확장하여 드디어 이 일대 건축을 보기에 이르렀다. 신축 본관은 2층짜리 목조 건물로 동쪽을 바라보고, 통풍 채광 기타 만반의 시설 뭐 하나 빠지는 것이 없이 병원으로서 최신식을 취한다. 밖에는 한강의 본류를 끼고 지역이 광활하여 연진(煙塵)에 가려지는 것 없이 사방 전망의 지세가 풍족하여 참으로 요양 환자들에게는 절호의 지역이라고 함이 마땅하다. 게다가 원장은 의학사(醫學士) 사사키 요모지(佐々木四方志) 군으로 대한의원 창립 이래 경성 의료계에 명망 높다. 또한 부원장에는 닥터 우치다 사토시(內田徒志) 군으로 오사카의 오가타(緒方) 병원에서 연구를 거듭한 이래 오랫동안 대한의원 의관을 맡아오다 최근 독일에 유학하여 이비인후과 및 외과 일반의 신지식을 가지고 돌아왔다. 또 한사람의 부원장은 소아과 전문으로 저명한 의학사 요시다 도쿠지(吉田得次) 군, 안과 주임에 젊은 의학사로 유명한 이마이 세키타로(今井積太郎) 군, 산부인과에 특유의 지식을 가진 나가사키(長崎) 의학사 기누가사 시게루(衣笠茂) 군, 기타 전문가를 구비한 바, 우수하고 완전한 병원이라고 한다. 이리하여 이제야 본관, 각 과실(科室), 병실 등의 신축 낙성에다가 최신 기계 및 약품 기타 설비 하나 뒤처지는 것이 없다. 특히 거의 수천 엔을 들여 완전한 X선 설비를 갖추는 등 참으로 우리 반도에서 가장 최신의료기를 갖춘 모습은 이 사회가 참으로 기뻐해야 할 것이다.

*『朝鮮公論』第1卷9号, 1913.12

경성 조선호텔 개업

조선철도가 유럽 및 극동의 운수교통의 한 간선이 됨에 따라 조선총독부 철도국에서는 세계적 교통 상 필요한 각종 설비를 완전히 갖추는 데에 힘쓰고 있다. 허나 아직 선철(鮮鐵)의 수입량이 적은 이상, 조선 개발상 빼놓을 수 없는 기관의 설비 이외에 억지로 고액의 경비를 투자할 수는 없었던 바였다.

그래도 점차 세계 교통의 한 간선이 되기에 이른 오늘날의 경우, 어쩔 수 없이 다양한 설비를 갖출 필요를 느껴왔다.

즉 선만(鮮滿)급행열차를 운행하는 것, 급행열차에는 식당차를 연결하는 것, 야간침대차를 연결하는 것 모두 위의 이유에 기반을 두고 있는 것이다.

이렇게 기차의 설비를 완비하는 동시에 한편 여관설비의 필요도 생겨 메이지 45년(1912)에는 부산 및 신의주에 정차장 여관을 설치했지만, 교통기관의 발달과 외국인(外人) 통과가 빈번한 오늘날의 형세로 판단해 보았을 때 조선의 수도인 경성에도 완전한 여관을 설치하지 않으면 안 되게 되어 총독부의 거듭된 심사 결과 드디어 철도 호텔 건설을 결정하게 되었고 철도국은 적지 않은 경비를 들여 작년부터 건설공사에 착수하였다. 올해 10월에 드디어 준공하여 곧장 개업하기에 이르렀고 그 이름을 조선호텔이라 지었다.

• 원래 이 호텔 설비의 본뜻은 앞서 말한 대로 세계 교통 상 필수적인 목적으로 건설한 것이고 특히 외국인을 주목적으로 한 것이므로 모든 시설은 순전히 서양식이다. 귀보실(貴寶室) 4칸, 특별실 10칸, 상등실 27칸, 보통실 13칸, 합계 54칸의 객실로 숙박 인원 백 명을 수용할 수 있다. 그 외에도 음악실, 대 식당, 독서실, 끽연실, 바 등도 갖추고 있다.

• 손님의 숙박은 유럽식과 미국식의 두 종류로 나뉜다. 미국식은 객실료와 식대를 포함하고, 유럽식은 객실료만을 포함하며 식대는 포함하지 않는다. 미국식을 기준으로 한 요금을 보면,
　미국식 = (1인 1실 1일)
　보통실　5엔에서 6엔 50전
　상등실　7엔 50전에서 8엔 50전

특별실   9엔에서 10엔

귀보실   15엔에서 20엔

▲다만 2인 1실 1일 숙박할 경우 이에 상당하는 증액이 있음.

이어서 유럽식 = (1인 1실 1일)

보통실   1엔 50전에서 3엔

상등실   4엔에서 5엔

특별실   5엔 50전에서 6엔 50전

귀보실   11엔에서 16엔

▲다만 2인 1실 1일 숙박할 경우에는 이에 준하는 증액이 있음.

또한 호텔에는 자동차 두 대가 구비되어 있어 정차장 및 호텔 사이의 여행객을 마중하고 배웅하기도 하며 여행객의 시내 관광도 가능하다. 세탁, 이발 등도 호텔 직영이며 욕탕은 대부분의 방에 구비되었고 당구는 3구, 4구 3대를 구비하고 있다. 대 식당 연회의 경우에는 250명, 입식의 경우에는 500명을 수용할 수 있다. 호텔은 유럽 일류의 여관에 비교하여도 손색이 없을 정도로 장려(莊麗)하다.

⁕ 이와 같이 건축에서도 장식에서도 각종 설비에서도 모두 구미식을 갖추고 있기에 호텔 측에서도 숙박객의 주의를 당부하고 있다. 예를 들자면 맨발로 식당에 들어가는 거라든가 양복을 입고 구두를 신지 않는다든가 기생을 데리고 들어와 소란을 피운다든가 하는 일은 반드시 엄단하는 사항이다. 단 기생이라고 하더라도 손님이라면 대 환영이다.

* 『朝鮮公論』 第2卷11号, 1914.11

현대 건축 상에
나타난 국민성

●

나카무라 요시헤이(中村與資平)

공학사(工學士)

잎사귀 하나가 떨어지는 것으로 천하에 가을이 찾아온 것을 알고 가지 하나를 보고 전모를 엿본다. 현관을 보면 그 집 주인의 대체적 성격이 어느 정도까지는 짐작이 가고, 더 나아가 도코노마(床間)를 보면 더욱 명확해진다. 우리들 인간이 생활을 지속하는 데에는 의식주라고 하는 3개의 주요 요소가 존재한다. 이 가운데 주(住)라고 하는 주요 조건 즉 집, 건축에 따라 그 나라 및 그 당시의 국민성이 가장 정직히 표현된다. 또한 실로 그 나라의 국민성을 알려고 한다면 그 국민의 집, 즉 건축을 보는 것이 가장 정확할 거라고 생각한다. 의상의 유행이 시대에 따라 다르고 각 사람들의 복장이 그 사람의 성격을 나타내고 있는 것보다도 한층 더 정확한 것이다. 고로 그 나라의 진실 된 국민성은 그 국가의 그 시대의 건축이 가장 잘 보여준다. 우리나라에서도 벚꽃 장식하며 오늘도 보냈다는 헤이안(平安) 시대에는 우미(優美)한 이른바 신덴즈쿠리(寢殿造)라고 하는 건축이 흥했다. 모모야마(桃山) 시대에는 웅건(雄健)하고 장대한, 유미한 점은 없지만 이른바 부케즈쿠리(武家造)라는 건축을 낳았다. 가마쿠라(鎌倉) 시대로부터 도쿠가와(德川) 시대에 이르면 장대, 웅건, 호탕한 점을 잃어 일반적이고 유미한 건축을 하게 되었다. 즉, 이른바 에도(江戶)시대에 세밀함의 극치를 달린 것이다. 시바(芝)의 사당이나 닛코(日光)의 도쇼구(東照宮)와 같은 건축에 엉망진창 잔꾀를 부렸다. 이를 한 마디로 하자면 궁하고 게다가 여유가 없었다고 할 수 있다. 이들도 당시의 국민성을 유감없이 드러내고 있지 아니한가? 이와 같이 한 나라에서도 시대에 따라 크게 취향을 달리하기 때문에 특히 현대의 건축으로 범위를 제한한 것이다.

먼저 문제가 되는 독일부터 보자면, 독일의 건축은 웅건, 기발, 참신 그리고 매우 연구적인데다가 심지어는 질서적이다. 연구적이라고 하는 점에 관해 한 사례를 들면, 벽을 칠한 곳의 외면에 자갈 조그마한 것을 넣어 보거나 커다란 것을 섞어 보거나, 혹은 가죽 천으로 막아본다든가 망으로 밀어본다든가 비로 쓸어본다거나 던져본다든가 하여 각자에 대해 힘을 넣는 방법이 완전히 다르다. 그 배합, 즉 색조(色調) 같은 데에 이르러서는 비상한 고심과 노력을 기울여 연구한다. 그런데도 그 지질, 재료는 극히 싸다. 그리고 그것이 모두 독창적이지 않다면 결코 인정하지 않아, 고로 타자를 모방하지 않는다. 한마디로 독일 것은 자극으로 넘쳐난다. 이런 자극이 강렬하다. 유럽 여행을 갔다가 돌아오는 이가 입이라도 맞춘 듯 독일 이야기를 하며 독일 서적을 꼭 사오는 것을 봐도 상당히 자극성이 강렬하다는 것이 판명된다. 그리하여 또한 학자들도 오이켄(Eucken) 처럼 누구라도 자신의 나라에 비중을 두는 듯하다. 이상 이 내용은 독일 현재의 국민성 그 자체가 아닌가. 오스트리아의 건축은 왜인지 완전히 독일식이다. 건축 상에서는 이미 독일에게 제압당했다. 실제로 현대 오스트리아의 국민성은 독일 국민성과 멀리 떨어져 있지 않다. 야심가인 독일은 건축에서도 범 게르만의 기상을 보여주고 있다. 그런데 벨기에는 건축 상에서 스스로의 특색을 가지고 있어 독일식이 아니다. 여기서 추론해 보아도 벨기에의 중립이 단순히 백지 위에 선을 그은 중립지대가 아니란 점은 명확하다.

이번 전쟁에서도 이 점을 무시하고 처음에 우습게보고 덤빈 독일은 커다란 실수였다. 이렇게 건축 상에 하나의 큰 특색이 있음이 현재 벨기에의 국민성을 능히 표현하고 있지 아니한가?

프랑스는 어떠한가? 이 나라의 건축은 유미하고 요염하다. 신경

질적이다. 매끈하고 섬세한 미인을 보는 듯하고 또한 귀공자를 접하는 느낌이 있다. 프랑스는 미술 국가이지만 독일 같은 국가보다는 패기(覇氣)가 없다. 이는 건축만으로도 실로 현재 프랑스 국민의 성격 그 자체이지 않은가?

영국의 건축은 얼핏 보면 심히 재미가 없이 극히 평범하다. 하등의 변화가 풍부하지 않으나 그래도 어떻게든 머리에 좋은 자극을 준다. 사람으로 치자면 지극한 수양을 통해 원숙한 자일 것이다. 독일이나 프랑스 건축을 본 눈으로 보면 사뭇 자유롭고 태평하다. 조금도 묵은내가 나는 점이 없다. 건축 상에서 보이는 국민성으로 치자면 실로 최고의 것이다. 극히 원숙하여 상당히 안정감 있다.

러시아의 건축은 건축으로서 미지수의 시대에 있다. 독일식 건축도 있고 프랑스 풍도 있다고 하는 듯이 제멋대로인 꼴이다. 무엇보다도 니콜라이 풍으로 멋대로인 건축을 하는 경우도 있다. 작년 다이렌(大連)에 여행 가서 러시아인 거리의 구획이 개정(改正)되는 것을 봤는데, 광활한 공터의 한복판에 일장평방(一丈平方) 정도의 석회를 칠한 말뚝을 박고 있었다. 그것이 거인의 커다란 흔적 같았고, 또한 왜인지 모르게 머리를 꽉 잡아 누르는 것 같았다.

대체로 건축을 통해 보면 독일 국민의 기개 및 강함은 불길의 강함과 같고, 영국과 러시아의 국민은 물의 강함과 같다는 생각이

든다.

  다음은 미국인데, 원래 미국은 각 국가의 국민들이 모여들기 때문에 따라서 건축 상에서도 조국들의 천차만별한 색채를 발휘한다는 말과는 반대되는 현상을 보여주고 있다. 이러한 경향은 건축에서는 조금도 보이지 않는다. 미국에 들어가면 주민이 모조리 이른바 미국 기질을 지니게 된다. 50층이든 40층이든 대담하고 기발한 설계를 가지고 실행한다. 한 예로 5층짜리 집을 50층으로 바꾸려고 하면, 그대로 45층 분량을 위에 부가하여 50층으로 만든다. 본래 있던 5층집을 토대에서부터 개축하지 않는다. 나중에 덧붙이는 45층 분량은 양측에 당목(撞木)을 세워 위에서부터 건다는 대담한 건축을 한다. 밑에서부터 무게를 지탱하는 것도 위에서 거는 것도 동일한 논리로 일치하는 것이다. 논리조차 일치한다면 어떠한 것이라도 태연히 하는 국민이다. 그렇기 때문에 어디까지나 기계적이다. 공기의 흐름이 나쁘면 기계력을 응용하여 좋게 만든다는 식이다. 애당초 미국의 건축은 들어가면 매우 기분이 좋으나 건축으로서는 침착함이 없다. 뭔가 엉덩이를 두들겨서 쫓겨나는 기분이 든다. 건축 상에서 보자면 미국은 아직 국민성이 원숙해 있지는 않다. (완)

* 『朝鮮公論』 第3卷1号, 1915.1

조선의 산과 강

―경부선에서 보다―

●

가와히가시 헤키고토
(河東碧梧桐)

사누키(讃岐)5)의 산과 조선의 산

● 조선 산이 헐벗은 모습은 비상히 공을 들인 보통의 헐벗은 모습이 아니다. 멀리서 보면 헐벗은 산 위로 군데군데 작은 소나무가 보이기 때문에 흡사 일본 알프스에서 자주 보이는 총송대(塚松帶)처럼 보인다.

● 높은 산을 교목대(喬木帶), 총송대, 초목대(草木帶), 지의대(地衣帶)의 4가지대로 나눈다. 지의대가 가장 높은 절정으로 그곳에는

---

5) 지금의 카가와(香川) 현에 해당

나무도 풀도 자라지 않는다.

● 신슈(信州)[6]의 스와(諏訪)에서 야쓰가타케(八ヵ岳)로 가는 도중에 오즈미(大泉), 고즈미(小泉)라는 두 개의 산이 있는데 이것이 조선의 산과 많이 닮았다. 사누키의 산도 같은 모양이다.

● 조선의 산은 적토(赤土)의 민둥산으로 자못 살풍경이 드는 곳도 있지만, 나는 조선의 산이 좋다. 경부선의 산도 무심한 많은 사람들의 눈에는 다 똑같이 보이겠지만, 나에게는 그것이 모두 하나하나 다르게 보이기에 제법 재미있다. 결코 사람들이 말하는 대로 단조롭지 않다.

● 조선의 산은 대체로 주름이 적어 원만하고 둥근 것이 특색이라면 특색이다. 산록 마을 조선인 집의 모양은 꽤나 산의 모습에 지배당한다. 역시 원만하고 둥그렇기에 배합이 좋다.

이즈모(出雲)[7]의 강과 조선의 강

● 조선의 강에는 사천(砂川)이 많다. 한강이나 낙동강은 별개의 경우로 치고, 많은 사천에 눈이 간다. 이즈모의 강과 많이 닮았다.

---

6) 지금의 나가노(長野) 현에 해당
7) 지금의 시마네(島根) 현 동부에 해당

강이라고 해도 졸졸 흐르는 사천이다. 일본 알프스 6천 척(尺)의 고봉 가운데 고치(高知) 온천이라고 하는 곳이 있는데, 그곳에 있는 강과 많이 닮았다.

● 북한산이 자색으로 보이는 것은 그리 신기한 일은 아니다. 내지의 야리가타케(槍ヶ岳)도 다테야마(立山)도 대개 높은 산은 모두 자색으로 보인다. 세토(瀬戸) 내해의 섬은 소나무 색깔조차도 자색으로 보인다.

● 조선의 묘지인 봉분은 상당히 마음에 들었다. 인간을 땅 속에 묻으면서도 그 위에 표찰도 뭐도 세우지 않고 흙을 쌓아 올려 풀이든 뭐든 자연에 그대로 방임하는 점은 상당히 재미있다.

● 류큐(琉球)의 묘지도 흥미롭다. 나가사키(長崎)의 공동묘지에 가보면 러시아인 혹은 지나인이 한곳에 있지만, 가장 초라한 묘가 일본인의 묘이다.

● 러시아인이나 지나인의 묘지는 아무렇게나 커다란 반석을 땅 위에 눕히는 것뿐으로 그 외에는 아무것도 없다. 역시나 대륙적이다.

● 일본인의 묘지를 보면 부끄러울 정도로 열악하고 기교적이며 세세한 결벽증적인 소도세공(小刀細工)의 국민성을 폭로하고 있다.

고추와 하얀 옷

● 경부선 철로변에서는 더러운 회색의 초가집 위에 고추 말리
는 것을 흥미롭게 생각했다. 삼라만상이 모조리 소쇄(蕭殺)한 천지
에 홀로 고추가 지붕 위에서 강렬한 진홍빛의 자극적인 빛을 방사
하고 있는 것이 재미있었다.

● 하나 더 재미있는 것은 그 더러운 조선집 안에서 구름 같은
순백의 옷을 입은 조선인이 나오는 것이었다. 나는 어째서 그렇게
어둡고 더럽고 불결한 집안에서 그렇게나 하얀 것이 나올 수 있는
지 납득이 가지 않는다. 그건 순전히 기적이다.

* 『朝鮮公論』 第3卷12号, 1915.12

‖ 공론문단 소품 ‖

기차 안

●

야곡화옹(矢谷花翁)

인천

기차가 덜컹하고 움직이기 시작한 때, 내 옆의 의자에서 졸고 있던 젊은 조선인 우편배달부가 흠칫 일어나서 차 밖으로 눈을 옮기고는 갑자기 당황하여 가방을 어깨에 걸치면서 "여기 계정(鷄井)이요?"라고 옆 사람에게 물었다. 그리고 "그렇네"라는 답을 듣는 둥 마는 둥 허둥지둥 입구 쪽으로 달려 나갔다. 허나 그때는 이미 열차가 속력을 내고 있었다. 그는 실신이라도 한 듯 터벅터벅 돌아와서는 원래 자리에 턱 하고 앉아 창가 쪽을 바라보며 한숨을 쉬었다. 눈에는 아무것도 비춰지지 않을 정도로 힘이 없었다. 그를 덜떨어졌다고 조소하는 마음은 어느 새에 사라지고 처분을 받게 될 그의 신세를 걱정하니 심히 연민의 정이 솟아 그를 위로할 말을 생각하기 시작했다.

- 평(評) : 조금 더 선명하게 그렸으면 좋았을 것 같다. 이것만으
  로는 읽는 자가 연민의 감정을 느끼기는 어렵다.

•『朝鮮公論』 第6卷5号, 1918.5

국회의사당
건축 양식
−십 년에 걸친 준공−

●

건축 양식은 자유로이 반드시 순수 일본풍으로 한정하지 않고 서양식, 절충식 등 자유로운 선택에 맡겨 현상모집한다. 이후 결정되는 대로 따라서 외부의 구조가 결정되지 않은 이상 지금부터 장식, 의장 등은 시험 삼아 구미 선진국의 의사당에 대해 물어본 결과, 영국은 부지 1만 2천 평, 건평 5천 3백 평, 5층 건물, 경비 1천 9백 5십만 엔, 1837년에 착공하여 1856년에 겨우 완성하였고 19년의 공사기간을 들여 건축은 고딕식으로 장엄하고 미려함의 극치에 달하였다. 미국은 부지 5만 6천 평, 건평 4천 2백 5십 3평, 5층 건물에 이탈리아 풍의 르네상스식으로 1793년에 착공하여 수차례 개축과 증축을 거듭하여 지금의 의사당이 만들어지기까지 26년의 세월이 필요했고 총 경비는 3천 1백만 엔이다. 독일연방은 부지 5천 8백 9평, 건평 3천 5백 평, 5층 건물, 독일풍의 르네상스식으로 경비 1천 5백만 엔이 들었다. 마찬가지로 독일 프로이센국의 의사당은 그 시설이 이상적이라고는 하지만, 부지 9천 6백 12평으로 건축물의 일부는 4층, 일부는 5층식이고 7백만 엔을 들였다. 프랑스는 상당히 오래되어 지금 참고하기에는 부적합하다. 헝가리의 의사당은 세계적으로 유명한 장려함과 수려함이 견줄 바가 없어 부지 2만 2천 1백 5십 평, 건평 4천 5백 8십 5평, 4층 건물로 르네상스식을 두르고 있는 고딕식의 외관을 가지고 있으며, 1천 6백 2십 4만 엔을 들여 20년 걸려 건축하였다. 앞으로 우리나라에 세우려고 하는 신 의사당은 부지, 건축비 등에 대해 상술한 각각의 외국에 비교해도 손색이 없고, 현재 임시 의사당의 배 이상 되는 것이 제도(帝都)의 중앙에 우뚝 서 헌정(憲政)의 미를 세계에 자랑할 때가 올 것을 기대하고 있다. 덧붙이자면 의사당의 구조 도안의 결정과 추밀원(樞密院), 마정국(馬政局) 이전 등에 수고가 들기 때문에 실제 본관의 건축에 착수하는 것은 아마도 내후년으로 바라보고, 십여 년에 걸쳐 준공할 것으로 예상된다. (의사당 건축국 주임기사 야하시 겐키치(矢橋賢吉))

* 『朝鮮公論』 第6卷8号, 1918.8

경성 부내의
부동산 사정
─다이쇼(大正) 7년(1918)
4월 1일 현재─

현재의 토지시가(土地時價)는 지가(地價)와 큰 차이가 없어 가옥은 3층 건물 100엔, 2층 가옥 80엔, 1층 가옥 50엔, 조선 가옥 20엔으로 견적이 나온다. 경성 부내의 부동산을 조사해 보니 미요시 가즈사부로(三好和三郎) 씨의 54만 9천 엔을 필두로 하여 나카무라 사이조(中村再造), 탄제성(譚傑生), 모리 가쓰지(森勝次)씨 등이 뒤를 잇는데, 이에 동산을 가산한 전 재산이 십만 엔(円) 이상인 사람들을 들면 다음과 같다.

　　금액　　　 － 이름
　　549,459엔 － 미요시 가즈사부로(三好和三郎)
　　283,772엔 － 나카무라 사이조(中村再造)
　　278,341엔 － 탄제성(譚傑生)

247,100엔 - 모리 가쓰지(森勝次)

236,676엔 - 아키요시 도미타로(秋吉富太郎)

206,606엔 - 송병준(宋秉畯)

184,607엔 - 가지와라 스에타로(梶原末太郎)

174,305엔 - 구기모토 도지로(釘本藤次郎)

156,721엔 - 이용문(李容汶)

147,536엔 - 히데시마 노보루(秀島昻)

140,316엔 - 간 시게타로(關繁太郎)

140,156엔 - 스기야마 고헤이(杉山孝平)

125,750엔 - 다무라 요시지로(田村義次郎)

125,655엔 - 윤택영(尹澤榮)

125,538엔 - 와다 쓰네이치(和田常市)

123,140엔 - 박인호(朴寅浩)

107,292엔 - 시로 로쿠타(城六太)

*『朝鮮公論』第6卷8号, 1918.8

조선토목건축협회
추계총회

조선토목건축협회에서는 10월 19일 오전 10시 반부터 제1회 임시총회를 경성 남산정(南山町) 경성호텔에서 개최하였다. 출석자 백여 명 중 먼저 마쓰모토(松本) 회장의 개회 인사가 있은 직후 의사(議事) 일정에 들어가 당 협회의 규약 제3조 말미에 있는 "관청 혹은 그 외의 의뢰에 응해 토목건축공사에 관한 각각의 조사 혹은 사정(査定) 및 각 청부업자의 추천 또는 알선"이라는 조항의 추가를 회의에 부치고는 다나카(田中) 부회장이 본안의 제출 이유를 설명하였다. 그리고는 두세 가지 질의가 있었으나, 이의 없이 가결시켜 같은 날 11시에 폐회 수속을 밟았다. 이어서 곧장 추계총회가 개최되어 마쓰모토 회장의 개회 인사가 이어졌고, 규약에 따라 평의원 유임자를 추천한 결과 아테후사 유지로(當房有次郎), 시라카미 센이치(白神專一), 가쓰라 고후(桂光風), 우라타 다킨도(浦田多喜人)의 네 사람이 이에 임명되었다. 나아가 평의원 반수의 재선거를 행하여 마쓰모토 마쓰타로(松本松太郎), 고마쓰 긴파치(小松謹八), 이하라 스케타로(井原助太郎), 구니 간이치(國貫一), 아라이 하쓰타로(荒井初太郎), 시키 신타로(志岐信太郎), 후지타 야스노신(藤田安之進) 등을 전형(詮衡) 위원으로 뽑고는 잠시 휴게에 들어갔다. 그 사이에 전형위원회를 열어 같은 날 11시 반 회의를 재개, 그 결과 다음 34명의 당선자 이름이 발표되었다.

이하라 스케타로(井原助太郎) 이타쿠라 진야(板倉甚彌)
이시자키 지키치(石崎次吉) 하야사키 겐고(早崎源吾)
니후쿠 진스케(荷福仁助) 고케고메 지조사카이(苦米地造酒彌)
오마치 도사(大町登佐) 오카모토 분조(岡本文藏)
가이타 지요마쓰(海田千代松) 가와모토 소고로(河本惣五郎)
가지타 기요하치(梶田喜代八) 나카노다니 히데오(中野谷秀雄)
구기모토 도지로(釘本藤次郎) 야마모토 무라타로(山本村太郎)
야마나카 유키히로(山中通博) 마쓰야마 쇼지로(松山常次郎)
후지이 센노스케(藤井專之助) 고가 후쿠타로(古賀福太郎)
고다마 다쿠(兒玉琢) 데라오 다케사부로(寺尾猛三郎)
아키야마 도쿠지(秋山督次) 아유카와 모리유키(鮎川衞之)
아사히나 세이쿠로(朝日奈清九郎) 사토 구마타로(佐藤熊太郎)
김응순(金應純) 진나이 모키치(陳內茂吉)

시라사카 나나오(白阪七雄)   　시미즈 야사부로(清水彌三郎)
시라카와 무쓰하루(白川睦治)   　히다 요시키치(日田嘉吉)
히라이 규이치로(平井九一郎)   　모리 다쓰지로(毛利辰二郎)
스가와 히사히코(須川久彦)   　스다 고사쿠(須田幸作)

　마지막으로 마쓰모토 회장의 폐회사가 이어졌고, 그의 구호에
따라 회의 참석인들은 만세삼창하였다. 호텔의 뒤뜰에서 기념촬영
을 마치고 정오에 호텔에서 오찬회를 열었다. 오후 2시부터 열린
본 협회 제4회 강연회는 니시무라(西村) 식산국장, 기무라(木村) 군
(軍) 경리부장, 야마다(山田) 만철(滿鐵) 기사 등 참으로 유익한 강연
이었다. 같은 날 4시 폐회하고, 5시부터 아사히마치(旭町) 요정 하
쿠스이로(白水樓)에서 성대한 친목회를 개최하였다.

* 『朝鮮公論』第7卷11号, 1919.11

주택 개조의 급무

-표준가옥제도
채용의 필요성-

사이토 오토사쿠(齊藤音作)

（一）

모든 일에 개조를 외치는 오늘날 주택의 개조만이 급한 일인 것은 아닐 터이고, 의식(衣食)의 개조 또한 필요함에 틀림없다. 그러나 가장 급한 일은 주택의 개조라고 생각한다. 이미 십 수 년간 조선에 세워진 관민 수천만의 주택 중 편리상, 위생상 또는 화재, 도난 등의 보안상 고사(考査)하고 연구하여 과연 감동할 만한 것이 있었던가. 불행하게도 아직 이거라는 생각이 들 정도로 이상에 가까운 주택을 본 적이 없다. 조선은 내지(內地)에 비하면 공기는 현저하게 건조하고, 우천과 담천(曇天)이 적고, 일광의 반사는 강하고, 겨울에는 혹한이지만 눈은 적고, 하절기에는 또 상당히 덥고, 주야의 일교차가 또한 심하다. 이를 요약해서 말하자면, 대륙성 기후와 유사하고, 내지 특히 도쿄(東京) 서편에 비교하자면 기후풍토에 심한 차이가 있다. 그렇기 때문에 내지의 주택은 자연히 내지의 기후풍토에 적합하게 발달하고, 자연스레 조선의 주택은 조선의 기후풍토에 적합하게 만들어진다. 따라서 내지의 주택과 조선 고유의 주택을 비교할 때에는 그 양식과 구조에 있어 막대한 차이가 생긴다. 따라서 종래 조선에서 세워진 주택의 대다수는 대부분 순(純) 내지식 특히 간사이(關西) 지방의 온난지 구조 그대로이기 때문에 그에 거주하는 자들이 불편함과 위생 불량, 비경제성을 느끼는 것은 당연한 일이라고 말하지 않으면 안 된다. 그 가운데에는 일조(和朝) 또는 일양(和洋)을 절충한 개량주택도 없는 것은 아니나, 이것 또한 연구가 철저하지 못하여 나무에 대나무를 접한 듯 조화롭지 못한 것이 많고, 이것이야말로 우리가 생각했던 그거다라고 감동하게 하는 듯한 이상에 가까운 주택은 아직 실제로는 없는 형편이다. 조선 고유의 주택은 옛날 조선에서는 적합했다 해도 지금의 조선에는 적합하지 않다. 단지 내지인에 적합하지 않을 뿐만 아니라, 중산층 이상의 조선인에게도 부적당한 것이 되었다. 그렇기에 지금의 조선에 적당한, 편리하면서도 위생적이며 또한 보안상 생각해 보아도 경제상 생각해 보아도 유감이 없을 정도로 연구한 주택양식 및 구조 등을 정하는 것은 눈앞에 닥친 급무이지 아니한가? 바야흐로 각지 공동 주택의 불량함과 결함에 관해 고심할 뿐만이 아니라, 비싼 건축비와 높은 임대료도 고민이다. 지금 경성에 있는 총독부 관리이면서 관사를 얻을 수 없는 유자격자가 무려 7백 명을 넘기에 이르렀다. 총독부가 지금 짓고 관리하는 중인 경복궁 내 신청사로 이전해야 하는 다가오는 3, 4년 사이에는 상당히 많은 관사 신축이 필요하다고 생각된다. 게다가 은행, 회사, 기타 다수 고용인을 거느리거나 또는 고용할 예정인 상점실업가, 또 지금 주택난에 시달리고 있는 다수의 조선인 등과 같이 누구나가 저렴한 비용으로 거주감이 좋고 경제적이며 위생적인 주택을 세우기 위해 얼마나 고려하고 열망하고 있는가는 상상하고도 남는 일이라고 생각한다.

(二)

원래 일본 주택은 비과학적, 비문명적임을 면하기 힘들다. 많은 경우 문외한인 집주인의 취향과 교육받지 못한 목공 수령 등의 괴이한 설계에 따라 제각각 자기 생각대로의 집을 짓는 것이다. 따라서 일본에 있는 수백, 수천, 수만의 주택은 사람 얼굴이 다른 것처럼 그 모습을 달리하고 그 규격을 달리하고 있다. 갑(甲) 집의 문창호지, 맹장지, 다다미(疊) 등이 그대로 을(乙)의 집과 병(丙)의 방에 맞지 않는 것은 당연하고, 한 집안에서조차 객실의 다다미는 현관의 다다미와 바꿔 끼울 수 없고, 거실의 맹장지는 하녀 방의 맹장지와 치수가 다르며, 8첩 방의 기둥은 4첩 반짜리 방의 기둥과 치수가 다른 것이 보통이다. 그 무질서하면서도 통일되지 않은 모습은 문명국인 제국으로서 상당히 수치스러운 것이라 생각한다. 그 결과 상당한 재료를 낭비하고, 상당한 노력을 헛되이 쓰고, 비틀어지기 쉬운 생나무를 쓰고, 긴 세월을 들이고, 그리하여 조잡하고 유치하고 열악한 주택을 상당히 높은 가격에 세우게 되는 셈이다. 돈이 엄청나게 많은 미국에서조차 의복의 유행에 맞춰 맞춤 의상을 입는 것은 특별하고 사치스러운 사람들만 하는 일로 보통 사람들은 기계로 만들어진 저렴하고 튼튼한 기성복을 사는 것이 일반적이다. 또한 주택 같은 것도 최근에는 과학적으로 연구한 가장 손쉽고 편리한 기성 가옥, 즉 표준형 가옥이 대유행이다. 최근에는 조선에서도 이를 도입하여 시험적인 건물을 세운다는 이야기도 들린다. 체격에 맞을 필요가 있는 양복의 기성품 제도를 지금 당장 실행하는 것은 다소 연구할 여지가 있지만, 체격의 크고 작음에 각별한 관계가 없는 주택에 대해 중산층 이하의 다수자가 기성 가옥, 즉 표준식 가옥을 채용하는 것에는 불만이 없음은 물론이고, 오히려 그 거주감이 좋은 이상적인 주택에 3할 내지 5할 싸게 살 수 있다는 것에 대해 큰 행복을 찬탄할 것이다.

(三)

기성 가옥, 즉 표준식 가옥을 채용하려면 어떻게 하면 좋을까? 미국식을 그대로 수입하는 것은 가장 간단한 방법이겠지만, 이는 참고해야 마땅할 성질의 것으로 그대로 일반에 응용해야 할 것은 아니라고 생각한다. 앞서 말한 대로 조선에는 조선 특유의 기후풍토가 있고, 또한 내지인, 조선인 각자 특유의 풍속과 관습이라고 하는 것이 있다. 또한 가구, 의복, 기타의 조화에 관해서도 고려하지 않으면 안 된다. 미국에서 연구된 표준가옥은 미국인이 미국에서 사용해야 비로소 보물이 되는 것이지, 그대로 조선에 수입하여 내지인 또는 조선인이 거주하려고 하면 불편함, 비경제성, 기타 결함이 많을 것이다. 그렇기에 조선에서 표준형 가옥제도를 채용하려고 한다면 우리의 지론인 다음의 방법에 따르는 것이 지름길이라고 생각한다.

1. 임업, 건축 및 그 재료공급에 관계있는 관민의 학자, 경험자를 위원으로 뽑아, 보통 주택(관계(官界)의 경우 주임(奏任)급, 판임(判任)급, 고원(雇員)급, 용인(傭人)급)의 표준 가옥을 연구 심사하여 이를 협정할 것

2. 표준형 가옥은 단층(平屋) 및 2층 건물의 두 종류로 나누고, 나아가 단독주택 및 집합주택(長屋) 건물로 분류하며 모두 각기 대소수(大小數)로 할 것

3. 표준형 가옥은 기후의 춥고 더움에 따라 2종류 또는 3종류로 나누어(예를 들어 3종류로 나눈다고 한다면 평양, 경성, 대구를 표준으로 삼는 것은 어떠할지) 구습에 얽매이지 않고, 어떤 형식에도 구애받지 않고, 일본풍(和風), 조선풍, 서양풍 등의 각 장점을 이용하고 실용성을 주로 하여 각 지방에 적당한 모범 가옥이 된다는 포부를 가지고 이를 입안할 것

4. 표준형 가옥은 편리, 위생, 보안 및 경제성을 주로 하여 정할 것

5. 표준형 건평(建坪) 단위는 경간(京間), 본간(本間) 중 어느 것을 채용할 것인가, 혹은 벽돌 또는 철 등을 병용한 재료를 규격으로 사용하여 새로운 단위를 정할 것인가. 어느 쪽을 쓸 것인지를 정할 것

6. 주요 재료가 되는 목재의 규격을 가장 유리하게 통일하여 되도록 규격 계급을 적게 할 것. 예를 들면 기둥의 굵기, 상인방(鴨居) 및 천장의 높이, 창문의 규격 등을 되도록 하나로 정할 것

7. 동일 목재에서도 마디의 유무, 기타에 따라 품질에 차이가

있음은 당연한 것으로 그 구분, 명칭 등을 하나로 정리할 것

8. 동일 표준형 가옥도 재료품질의 선택에 관해서는 규정 범위 내에서 주문자가 자유롭게 주문함은 당연함

9. 지형, 기타 사정에 따라 표준형 가옥을 그대로 사용하기 어려운 경우에는 적당한 가감 수정을 행할 것

10. 표준형을 채용한 모든 건축에도 되도록 표준 재료(재고품)를 이용할 것

11. 위원회에서 협정한 사항은 이에 참가한 관청, 공관은 물론이고, 주요한 은행, 회사도 이를 채용할 수 있도록 찬동할 것

12. 위원회는 표준형 가옥 협정회라고 하더라도 이를 보존하고 수시로 필요에 응하여 소집하고 개정 등 기타 심의 협정 등을 행할 것

13. 각 주요 지역에 신용이 있는 건축회사를 설립하여(혹은 하나의 본사를 가지는 지점 출장소를 각 주요 지역에 두어도 상관없다) 각 지점에 표준형 소용(所用) 재료 및 공질(工質) 등을 명기하는 '카탈로그'를 비치하고 정찰제로 관민의 의뢰에 응하여 신속히 요구되는 건설을 행할 것

(四)

이상과 같이 표준형 가옥제도를 채용할 때에는 그 이익은 대략적으로 다음과 같다.

● 조재(造材)·운재(運材) 상에서 아래와 같은 이익이 있음

(가) 제재의 길이가 대체로 일정한 기준에 따르기 때문에 산지에서 일어나는 대부분의 조재 과정을 최소한도로 단축하여 따라서 조재과정의 수율(收率)의 증가를 얻을 수 있는 이득이 있음.

(나) 과정을 최소한도로 단축함으로써 그만큼 저절로 운송비를 절감하는 이익이 있음.

(다) 조재과정의 수율을 증가시켜 운송비를 절감한 결과는 원목 대금을 절감시키는 이익이 있음.

● 제재(製材) 상에는 다음과 같은 이익이 있음

(가) 주요한 제재의 규격을 확정함으로써 하나하나 주문을 기다릴 필요 없이 동절기 및 기타 한산한 시기에도 걱정 없이 생산에 전력을 발휘하여 이른바 준비재(準備材) 제도를 개선할 수 있는 점

(나) 규격 종별이 근소함으로 기계를 놀리거나 직공을 쓸데없이 쉬게 하는 시간을 현저히 단축시킬 수 있는 점

(다) 만재(挽材) 작업이 무척 간단히 되기 때문에 직공의 숙련이 빨라지는 것뿐만 아니라 직공의 머릿속에 여유가 생기기 때문에 항상 제재(製材) 과정에서 주의를 기울일 수 있고, 따라서 상등품의 생산 비율을 늘리고 폐자재를 절감할 수 있는데다가 부상 및

기타 위해도 절감할 수 있는 이익이 있는 점

(라) 전항(前項)이 원인이 되어 만재 작업의 수율을 현저히 증가시키고 제재의 품질을 향상시켜 생산능률도 현저히 증가하는 이익이 있는 점

(마) 제재 종류 절감을 통해 분개(分介) 작업이 간단해져 이에 관한 노동비도 절감할 수 있는 점

(바) 제재 종류가 적기 때문에 창고 및 기타 보관 면적을 절감할 수 있을 뿐만 아니라 집적과정의 노동비를 절감할 수 있는 점

(사) 모든 작업이 간단해지기 때문에 공장 내외의 혼잡을 줄일 수 있는 이점이 있을 뿐만 아니라 감독 및 서무의 수고를 절감할 수 있는 이득이 있는 점

(아) 제재 종류가 적기 때문에 판매, 거래도 간단히 행해져 기차, 선적 등 기타 운반에도 편의가 늘어남에 따라 운임 절감의 이득이 있는 점

(자) 즉 동일한 원목에서 여분의 제재가 생기고 상급 품질이 증가하여 기계 및 기타 설비가 동일하여도 생산능력은 현저히 증가하는 큰 이익이 있는데다가 생산에 필요한 노동비는 이에 반해 현저히 절감될 수 있는 것이 명확하여 결국 재료(材)의 가격을 2~3할 떨어뜨려 판매할 수 있다는 이점이 있는 점

● 다다미(疊), 건구(建具) 등에도 다음과 같은 이익이 있음

(가) 다다미, 창호, 맹장지(襖), 창문 등의 보통 규격이 일정해짐
으로써 다다미 가게는 안심하고 척척 그 바닥을 만들어 낼 수 있
고, 창호 가게도 규격화된 재료를 제재소에서 구입하여 창호, 맹
장지, 창문 따위를 주문을 기다리지 않고도 만들 수 있기 때문에
작업은 편리하고 간단해지며 따라서 공정이 현저히 빨리 진행되
는 이익이 있는 점

(나) 다다미 표면(疊表), 유리, 창호지, 천장 및 맹장지용의 천,
종이 등도 규격을 일정하게 함으로써 손질은 간단해지고 시간은
덜어 물품이 재고로 잠드는 일이 적어지고 또한 찌꺼기 등 폐물의
발생도 현저히 감소하는 이득이 있는 점

(다) 신축의 경우뿐만 아니라 이후 수선 때에도 오랫동안 전항
과 같은 편리함을 향유할 수 있는 점

● 건축 청부(請負) 상에도 다음과 같은 이익이 있음

(가) 소요 제재의 보통 규격을 확정함으로써 미리 제재업자와
약속을 맺고 걱정 없이 미리 사들여 건조하고는 충분히 준비해 두
는 편리함이 있는 점

(나) 소요 제재의 규격 종류가 절감됨으로써 취급이 간편해지는

것뿐만이 아니라, 창고 등의 저장면적도 비교적 좁아도 되는 이익이 있는 점

(다) 종전에는 정해지지 않은 규격, 즉 난규격의 입용(入用)이 많았기 때문에 원목을 구입하고는 손으로 베거나 거대한 원목을 베어 그것을 갈라 사용하는 것과 같은 비경제적인 작태가 많았으나, 앞으로는 이와 같은 비경제적인 작태를 대부분 무용하게 만들 수 있는 이익이 있는 점

(라) 재료는 규정된 규격에 따라 대부분을 준비해 두는 게 가능해지기 때문에 절단 후의 찌꺼기 등 기타 폐기물을 절감할 수 있는 이익이 있는 점

(마) 소요 재료를 미리 준비해 둘 수 있기에 안심하고 청부를 행할 수 있는 이익이 있는 점

(바) 많은 작업은 '카탈로그'를 통해 주문을 받음으로써 청부에 있어 번거로운 교섭, 설계 가격의 산정 등 기타 각종 수고를 절감할 수 있는 이익이 있는 점

(사) 공사의 경우에도 동형 혹은 유사한 건물 다수를 점하는 것으로 지휘, 감독이 용이하고 목공 등 기타의 노력도 절감할 수 있는 점

(아) 목재는 보통 말린 준비재를 순차적으로 공급할 수 있기 때

문에 건조 및 기타 수고를 현격히 생략할 수 있는 이익이 있는 점

(자) 앞의 여러 조항들로 인해 고용인 부족을 완화하고 노동 임금의 부당 폭등을 방지할 수 있는 이익이 있는 점

(차) 회사는 소요 재료를 순서대로 운반하고 정리하고 조립할 수 있기에 공사의 진행은 신속해질 수 있고 자금의 회수도 빨라짐에 따라 동일한 자금을 가지고 비교적 큰 사업을 할 수 있는 이익이 있는 점

● 주문자에게는 다음과 같은 이익이 있음

(가) 누구에게나 '카탈로그'에 따라 자신이 원하는 주택을 안심하고 주문하며 또한 가격도 정가이기에 안심하고 용이하게 이를 정할 수 있는 이익이 있는 점

(나) 대중의 지혜에 따라 연구를 다한 표준형이기 때문에 보통의 방법에 따라 지은 건축에 비하면 몇 단계나 더 우량한 주택을 얻을 수 있는 이익이 있는 점

(다) 목재는 비교적 건조한 것을 쓸 수 있기 때문에 완공된 후의 변성, 신축이 적은 이익이 있는 점

(라) 설계에 관한 노동비가 필요하지 않은 이익이 있는 점

(마) 공사의 감독이 용이할 뿐만 아니라 공사를 빠르게 성취할

수 있는 이익이 있는 점

(바) 건축비를 3할 내지 5할 정도 감축할 수 있는 이익이 있다
는 점

(사) 장래 수선비도 현저히 소액으로 해결되며 또한 다다미의
교체, 창호의 교환 등도 용이하고 비교적 싸게 할 수 있는 이익이
있는 점

● **국가경제 상에도 다음과 같은 이익이 있음**

(가) 목재 및 기타 일반 자료(資料)의 이용률을 증대시켜 낭비를
감소시킬 수 있는 이익이 있는 점

(나) 벌목량이 동일하고 제재력(製材力)이 동일한데도 제재 생산
량은 현저히 증가하기 때문에 목재공급난을 완화하는 데에 유효
한 점

(다) 처음에는 표준형 가옥의 채용을 주저한 회사, 은행, 개인
등도 사실을 보고는 채용의 유리함을 인정하기에 이르러 표준형
가옥이 달이 가고 해가 갈수록 격하게 증가하여 그 결과 일반 사
회생활 상태의 진보, 개선 상에도 적지 않은 이익이 있는 점

(라) 표준형 가옥의 건축이 성행하기에 이르면 기타 건축에도
비교적 저렴한 표준 규격의 재료, 즉 재고품을 다량으로 사용할

수 있는데다가 일반 건축계의 개선 상에도 좋은 영향을 미칠 것이란 점

(마) 서양건축 또는 대 건축에 이용하는 장대목재(長大木材)도 부득이한 특수재 이외는 되도록 표준형 목재 규격과의 연계를 지켜 이를 톱으로 절단할 때에는 바로 두 개 이상의 표준형 재료가 되도록 규격을 정한다면 더욱 저렴하게 상비품을 만들 수 있기 때문에 일반 건축 상에서도 편리함을 얻을 수 있다는 점

이상은 사견을 대략적으로 나열한 것에 지나지 않지만, 주택 개조의 근본책으로서 또한 주택난 구제의 대책으로 가장 유효한 제안이 될 것은 대부분의 식견 있는 자들이 수긍할 바라고 믿는다. 조선은 주택 건축의 과도기에 속해 있고 인습의 견고함이 없어 본안의 실시에는 장애물이 비교적 적고 편리함으로 이번 기회에 많은 이들의 찬동을 얻고 관민 협력하여 단행될 수 있도록 노력한다면 이를 실현하는 것도 그다지 어렵지 않을 것이라 믿는다.

* 『朝鮮公論』 第8卷7号, 1920.7

주택 개선 방침에 대하여

●

이와사키 도쿠마쓰(岩崎德松)

나카무라(中村) 건축사무소

국민생활의 개선은 실로 시각을 다투는 급선무이기 때문에 신문, 잡지, 또한 강연 등에서 절규하는 바로 적어도 지식 계급에 속하는 모든 분야의 분들은 남녀를 불문하고 이 문제에 대하여 논의를 하고 계신 중인 듯합니다.

  세상이 나아감에 따라 이런저런 것들에 개조가 필요한 것은 당연한 일입니다만, 이 중 생활개선문제에 관련한 주택개선과 같은 문제는 가장 중요한 것이고 또는 생활 그 자체의 근본 문제가 아닌가 하고 생각합니다.

  이에 덧붙여 이번 생활개선동맹회의 주택조사위원회에서 이 문제에 관한 대체적인 방침을 결정했으므로 이번 방침을 세상에 널리 소개하고자 합니다. 허나 이번 방침이 만전의 방책인가 아닌가

하는 문제는 있습니다만, 여하간 앞으로의 일본은 이 방침을 향해 나아가지 않으면 안 된다고 생각합니다. 모쪼록 주택이라는 것에 대하여 조금이나마 그 뜻을 이해하고 연구하여 다소나마 개선의 열매를 딸 수 있기를 희망하는 바입니다.

주택은 점차 의자 식으로 바꿀 것

우리나라의 현재 주택을 보면 좌식(座式)에 기반하는 집들은 그 취급에 번다한 손길을 요하고 나아가 자유로운 활동에도 적합하지 않아 쓸데없이 시간을 낭비하고 작업의 능률을 떨어뜨리는 일이 적지 않습니다. 또한 이를 위생상으로 봐도 불리한 점이 심히 적지 않습니다. 특히 최근 일반적인 생활법의 변화에 따라가지 못하기 때문에 이로 인해 이중생활을 할 수밖에 없고 이곳저곳에 모순과 당착을 불러옴은 우리가 일상에서 경험하는 바입니다. 의자 식은 오늘날 세계 공통의 생활 법으로 구미 각 국가들은 물론이고 근방의 국가들도 모두 이러한 양식을 취하고 있음에는 여러 장점이 있기 때문입니다. 물론 오랜 세월동안 익숙해져 있던 재래 관습을 버리는 것은 거주 취미를 완전히 빼앗기는 것과 같은 고통이기도 하겠습니다. 하지만 제반 생활양식에 관한 개선과 진보는 오로지 이 좌식 생활만을 영원히 이대로 내버려두지는 않을 거라 생각합니다.

타국의 주거 역사에서도 한때 좌식 생활을 하지 않았던 적이 없는 것도 아니고 또한 우리나라의 고대로 거슬러 올라가 보아도, 중고(中古)시대 이전에는 반드시 오늘날처럼 완전한 다다미 생활은 아니었습니다. 이러한 사실은 국민의 관습이나 생활양식이 시대에 따라 변화하며 결코 고정적인 것이 아님을 증명합니다. 게다가 우리나라의 오늘날 실상을 보아도 공용건물은 대부분 의자 식이며, 중류계급의 주택도 서재, 응접실 등은 점차 의자 식으로 또한 주방은 점차 입식으로 변해가고 있습니다.

또한 침구 등을 보아도 마찬가지로 점점 변해가고 있음을 알 수 있습니다. 물론 이와 같은 것들은 비용 문제나 취미 관계이므로 급히 그 실현을 보는 것이 곤란한 경우가 있습니다만, 오늘날의 추세로 보아 장래를 예상해보면 필히 의자 식 생활이 널리 행해지는 날이 올 것은 명백한 사실입니다. 따라서 의자 식을 장래의 기준으로 정하고 점차 주택개선의 길을 나아가 그 실현을 계획하지 않으면 안 됩니다.

접객 본위를 가족 본위로 바꿀 것

우리나라의 주택은 방의 배치 및 설비가 대체로 봉건시대에 발달한 것으로 이래로 진보나 개선의 흔적을 거의 찾아볼 수 없습니다. 즉 쓸데없이 외관형식에만 과한 비중을 두어, 오히려 가족생활을 경시한 접객 본위의 거주양식을 그대로 계승한 것입니다. 따라서 우리나라의 주택에는 가족의 일상생활을 유쾌하게 하는 궁리나 설비가 현저히 궁핍하고, 오히려 구습에 얽매인 주거양식과 이에 수반된 생활 법으로 인해 항상 굉장한 불쾌감을 느끼고 있는 것입니다. 장래 진정으로 의의 있는 생활을 영위하기 위해서는 먼저 앞에서 논한 대로 접객 본위의 주택에 개선을 가하여 오랜 세월의 인습에서 벗어나지 않으면 안 됩니다.

객실에 대해 주거 공간의 중요한 부분을 부여하고 양호한 위치에 두며 큰 면적을 할당하여 과한 설비를 들임에 반하여 다실, 거실 등 상주하는 방은 그 위치 및 면적에 있어 아득히 객실에 미치지 못하고 오히려 부수적인 것에 지나지 않는 것과 같은 지금까지의 폐습을 교정하는 것은 실로 오늘날의 급무입니다. 그렇기 때문에 장래의 주택 객실 및 현관보다는 오히려 거실, 식당, 침실, 주방 등에 중점을 둔 가정생활을 크게 유쾌하게 하여 항상 청신한 기분이 들게 함을 주안점으로 두지 않으면 안 됩니다. 즉 이 새로운 방식에 따라 방 배치를 정하고 혹은 설비를 갖추는 데에 한층 더 힘을 들이지 않으면 안 됩니다. 특히 소형 주택에서는 접객용의 특별실을 없애고 거실, 침대 및 주방에 충분한 면적을 할당하여 되도록 편리하고 또한 위생적이고 경제적인 설비를 할 수 있도록 하셨으면 합니다.

설비는 허식을 피하고 실용에 중점을 둘 것

우리나라의 재래식 주택구조는 쓸데없이 구습형식을 맹목적으로 지켜 망령되게 빈번히 손질을 가하고 혹은 쓸모없는 부분에도 미재(美材)를 사용하는 등, 이로 인해 무의미한 낭비를 요하는 경우가 적지 않습니다. 그렇기 때문에 앞으로 이러한 구습형식을 배제하면서 오직 청신한 취미와 자유로운 궁리에 비중을 두어 일체의 허식을 피하고 되도록 낭비를 반성함은 오늘날의 일대 급무입니다. 재래식 주택은 심하게 외관허식에 치중한 결과, 주택으로서의 실용적 방향을 폐기해 버린 경향이 있습니다. 따라서 주택에 필요한 방한 방서 시설의 구비, 내진 내화 및 도난에 대한 방지책 및 보건위생에 적합한 구조나 설비가 심하게 결핍된 점이 있습니다. 따라서 장래의 주택에서는 이와 같은 결함을 배제하고 가옥으로 하여금 진실로 좋은 거주 환경을 목적으로 잡아 충분히 위안을 받을 수 있는 장소로 만드는 데에 힘쓰지 않으면 안 됩니다.

이를 요약하자면 재래식 건축은 심히 구습에 얽매여서 과학의 응용을 폐기하고 사회의 진보와 함께 하지 않는 경향이 있습니다. 장래의 주택은 아무쪼록 실용성을 주로 삼는 데에 힘을 기울이는 동시에 취미 방면을 깊이 고려하여 주택으로서의 기능을 충분히 발휘할 수 있도록 했으면 합니다.

정원은 보건방재의 실용성에 중점을 둘 것

재래식 정원은 그 크고 작음을 불문하고 일반적으로 축산천수(築山泉水)의 양식을 취하여 관상을 본위로 하고 있습니다. 특히 주택이 일반적으로 접객 본위였기 때문에 정원도 또한 저절로 현관, 객실 등에 접하는 부분을 과하게 중시한 경향이 있습니다. 그 결과 재래식 정원은 가족의 휴식과 운동 등에 적합하지 않고 그 실용적 가치를 완전히 내버리고 있습니다. 특히 재래식 정원은 오랜 세월의 인습과 형식에 갇히고 미신에 둘러싸여 과학의 응용을 게을리 하고 있었기에 저절로 주택의 채광, 통풍, 방화, 방진, 배수 등의 방면에 다대한 불리함을 초래하고 있습니다. 재래식 정원에서 보이는 결함은 단순히 이러한 점들에 그치지 않습니다. 경제적 방면에서도 또한 커다란 결함이 있습니다. 즉 과수, 야채, 화훼 등의 재배, 양계, 양봉 그 이외의 실리적 응용이 갑작스럽습니다. 또한 그 정원에서 사용하는 재료나 국부의 구조 등에서도 일반적으로 외관에 얽매여 허식에 휩쓸리기 때문에 설비 및 유지에 고액의 경비를 필요로 합니다. 따라서 심히 경제적 생활에 부합하지 않고 시대의 요구에서 멀리 떨어져 있습니다. 정원은 종래의 접객 및 관상 본위에 치우치지 말고 오히려 가족 전체의 이용에 중점을 두고, 그 위치를 선정하는 경우도 주택의 방 배치와 밀접히 연관 지어 상주하는 거실에 접하는 부분을 정원의 중심으로 삼지 않으면 안 될 것입니다. 또한 재래식의 축산천수 형식에 치우치지 말고 주부, 아이들 등을 위한 잔디, 녹음, 화원, 채소밭, 모래밭 등과 같은 설비를 마련하며 이와 동시에 음지와 양지, 공터 및 공간의 이용에 힘쓰고 특히 주방 주변을 정리하여 그 불결함이나 난잡함을 피할 수 있도록 궁리하는 것이 중요합니다. 재래식 주택은 일반적으로 담이 높아 폐쇄적인 폐해가 있습니다만, 앞으로는 가옥의 개선에 따라 가능한 한 거리에서 들여다 볼 수 있도록 하여 촌락 시가의 미관을 증대하는 데에 노력하지 않으면 안 됩니다.

가구는 간단함과 견고함을 최선으로 삼고 주택 개선을 하자

가구의 개선에 관해서는 종래 이를 시험한 적이 없는 것은 아니나, 헛되이 세밀한 부분에 골몰하여 전체적 개조에 노력하는 일이 적었음은 심히 유감스런 일입니다. 가구는 일반적으로 그 사용 목적에 적합할 것, 외관 양식이 밉지 않을 것, 구조가 견고할 것 등을 필요조건으로 삼아 종래의 가구와 비교하여 한층 더 유효하고 편리하게 만들지 않으면 안 됩니다. 접이식 또는 겸용 가구는 일반적으로 공간을 절약하고 또한 사용하기에도 편리하기 때문에 이를 추천하고 싶습니다.

아동용 가구를 의자 식으로 바꿔야 함은 아이들의 본성을 돌이켜보면 오히려 당연한 요구로서 그 개선에는 특별히 유의해야 한다고 생각합니다. 또한 개량 가구의 사용은 가능한 아이들이 어린 시절부터 시작하도록 하고, 그 연령에 따라 모양과 치수에 주의하지 않으면 안 됩니다.

대도시에서는 공동주택 및 전원도시의 시설

본디 우리나라 주택은 시내이고 교외이고를 불문하고 일반적으로 경제적 생활에 적합하지 않습니다. 특히 대도시에서는 시가지의 급격한 발전과 지가의 급격한 상승으로 인해 주택에 채광, 환기 등 위생상의 결함이 많기 때문에 건전하고 간편한 생활에 적합하지 않습니다. 게다가 한편으로는 도시 내에 거주해야 할 필요가 있는 자 및 도시 거주의 편리함과 유쾌함을 바라는 자가 점점 수를 더해가는 형편입니다. 그렇기 때문에 오늘날 대도시의 이러한 형편에 놓인 지역에 대하여 적당한 공동주택의 건설을 추천하는 것은 상당히 지당한 일이라고 생각합니다. 공동주택의 이점은 건축비의 절감, 공동난방, 기타 위생상 설비의 간이성과 저렴함, 광활한 정원 및 견고하고 안전한 가족의 공유 등이 있습니다. 따라서 비교적 적은 고용인으로 혹은 고용인의 손을 빌리지 않고 위생적으로 게다가 편리하고 유쾌한 간이생활을 누릴 수 있는 것은 특색입니다. 그리고 이러한 시설은 독신자 및 소가족을 우선시해야 한다고 생각합니다. 최근 교외의 발전이 의외로 급속도로 일어나고 있습니다. 그 결과 주택 및 도로의 건설 등이 아직 통일된 계획 아래서 실시되는 데에는 이르지 못하여, 이 때문에 생활상의 편리나 거주의 정취가 감소하는 일이 심히 많습니다. 그러나 전원도시 및 교외주택구는 전답 및 근교의 한 구역에 주택, 상점, 학교, 병원, 공원, 도로, 광장 등을 적당히 배치한 것으로 가옥 배치

의 자유, 정원의 풍부함, 공기의 신선함, 풍경의 우아함은 물론이
고 건축비 및 생활비의 저렴함, 공동시설의 이용 등 그 특징으로
들 수 있는 것이 무척 많습니다. 이에 따라 정신상의 위안과 생활
상의 안정을 얻는 동시에 위생상으로 좋은 결과를 가져다주어 사
망률을 격감시킴은 통계가 이미 명시하는 바입니다. 따라서 대도
시에서는 특히 전원도시 및 교외주택 등의 시설을 추천할 필요가
있습니다. (완)

• 『朝鮮公論』 第8卷11号, 1920.11

‖ 창작 ‖

떠돌이

●

이시모리 고초(石森胡蝶)

히사요시(久吉)가 언제나처럼 그의 근무처에서 돌아오자 몹시 기다렸던 듯 처 기미코(君子)는 "여보 당신, 오늘은 좋은 거 보여줄게요. 당신도 분명 좋아할 거예요."라고 웃음 가득한 표정을 지으며 히사요시의 얼굴을 올려다보았다.

부인은 마침 산달이라 얼굴빛도 꽤나 수척해져 볼에는 항상 보이던 광택이 보이지 않았다. 눈에도 결혼 당시와 같은 빛은 없었다.

"좋은 거란 게 대체 뭐요!"

히사요시는 조금 궁금하기도 하고 남편으로서 감정을 농락당하는 데에서 오는 반감으로 웃지도 않고 이렇게 말하며 다다미 방쪽으로 그냥 지나쳐 갔다.

그럼에도 기미코는 부엌에서 쫓아 나올 기세로 "좋은 거란 건 이거예요."라고 말하며 오비(帶) 사이에 끼워둔 우편엽서를 꺼내 보였다. 히사요시는 그래도 조금도 미동조차 하지 않는 태도로 엽서의 겉면에 눈을 옮겼다.

"몇 글자 써 올립니다. 숙부님과 숙모님께서 나날이 건강하시니 다행입니다. 이번에 할머니께서 여종을 데리고 오사카(大阪)에 가셨습니다. ×월 ×일 이시노마키(石卷)를 출발하셨기에 알려드리는 바입니다. ×월 ×일 야에코(八重子)"

고향에 있는 조카딸 야에코가 항상 쓰던 대로 우편엽서에 엷은 연필로 간단한 용건을 나열하고 있었다.

"좋은 거 맞지요. 당신이 오사카에 다녀오세요. 요즘 들어 도통 형님을 뵌 적도 없으시니 한 번 다녀오세요."

기미코는 진실로 즐거운 듯한 표정을 짓고는 남편인 히사요시에게 권하는 것이었다. 항상 언젠가 노모와 만났으면 한다며 7년이나 만나지 못한 어머니와 만나야 한다는 것이 입버릇이 된 히사요시의 심정을 기미코는 잘 파악하고 있던 관계로 이번에 남편에게 진심으로 내지(內地) 행을 권하는 것이었다.

"그렇군, 오랜만이니 더 보고 싶어지네. ×월 ×일 출발했다면 이미 오사카에 도착했겠어."

히사요시는 7년 전 어머니의 얼굴을 상상했다. 그리고는 7년 전의 형님의 얼굴, 기쁨에 날뛰는 조카들의 얼굴을 연상하지 않을 수 없었다.

"어머니를 모시고 도톰보리(道頓堀) 관광이라도 갈까?"

"어머님께서 좋아하시겠네요."

기미코도 히사요시와 함께 달달한 도취 속에서 흥분하여 이야기했다.

히사요시의 노모인 오테이(お貞)는 히사요시가 조선으로 떠나던 해에 집이 넘어가는 참담한 처지에 놓였다. 그에 이어 히사요시에게는 자애로운 아버지이자 오테이에게는 좋은 남편이었던 이코조(伊與造)와 헤어져야 했다. 평소부터 술을 즐기던 이코조는 오랜 세월 고생하면서 쌓아올린 자신의 집이 다른 사람 손에 넘어가 생긴 급격한 생활변화가 초래한 것인지 썩은 나무처럼 풀썩 쓰러져 죽고 말았다.

집도 잃고 30년 동안 같이 지내온 동반자와 사별한 오테이는 한때 멍하니 지내고 있었다.

그 무렵 오테이의 집에는 손자가 하나 있었다. 오사카에서 판사일을 하고 있는 오테이의 둘째 남동생인 기스케(喜助)의 장남으로 기스케가 대학을 막 졸업했을 때 생계가 어려운 것을 보고 그때 막 태어난 손자를 오테이가 데려다 키운 것이었다. 집과 남편을 잃은 오테이는 이 첫 손자와도 헤어지지 않으면 안 되는 처지가 되었다.

"데쓰오(徹夫, 손자)야, 오사카에 가면 집에서 하던 대로 어리광 부리면 안 된단다. 아빠랑 엄마 하시는 말씀은 뭐든지 '예' 하고 들어야 한단다. 잘 알겠니? 오사카에 가면 유치원에 들어가니까 말이다."

오테이는 그때 겨우 6살인 손자 데쓰오의 머리를 쓰다듬으며 이렇게 말했다.

데쓰오는 이 이야기를 듣고는 있었지만, 아무 말도 하지 않고 눈에 눈물을 가득 머금은 채 조그맣지만 동글동글하고 통통한 손 끝을 희미하게 떨고 있는 것을 보면 참을 수 없이 애틋한 느낌이 들었다.

데쓰오를 거두어들인 건 지금으로부터 4년 전의 일로 그때부터 이런저런 고심 속에 오늘날과 같이 자랐다. 데쓰오가 조금이라도 나쁜 짓을 하면,

"오사카로 보낸다."

라고 말만 하면 얌전해질 정도로 오테이를 잘 따랐다. 지금 이 아

이를 보내는 것은 무엇보다도 괴로운 일이었다. 하지만 언제까지 자기 집에 둘 수도 없는 노릇이었다.

오테이는 데쓰오를 오사카에 데리고 와서 어느 날 아침 빨리 데쓰오를 놔두고 도호쿠(東北)행 기차에 탔다. 그때만큼은 소리 내어 울고 싶을 정도였다.

"어머니께서도 7년 만에 데쓰오를 만나시는 거니까 기뻐하시겠네. 데쓰오도 이제 중학교 1학년에 다니고 있으니까 어머니께서도 놀라시겠지."

히사요시는 이렇게 말하며 부인의 얼굴을 바라보았다.

히사요시는 천성이 살벌하였다.

그는 어릴 적부터 피 보는 걸 즐기는 성격이라, 그가 중학교에 다닐 적에는 어떻게든 한 패거리의 두목을 맡았다. 그가 찢어진 옷을 입고 어깨에 힘을 팍 주고 복도를 걸어갈 때에는 하급생들이 너나 할 것 없이 상당한 경의를 표했다. 히사요시는 하급생들이 줄 서 있는 복도를 득의양양한 얼굴로 걷는 것이 무엇보다도 유쾌한 일이었다.

봄이 오면 일 년에 한 번 열리는 교우회의 무도(武道)대회가 그의 학교에서도 열렸다. 그는 항상 유도 주장을 맡았고 임원으로 일했다.

"사사키(佐々木)! 히사가(久賀)!"

붉은 잉크를 흠뻑 적신 큰 붓으로 홍팀 백팀을 지명하고는 선수 무리를 바라보는 것이었다.

연습복을 입은 두 사람의 선수는 시원시원하게 "예!"라고 답하고 도장으로 나왔다.

교정에는 늦게 핀 태산목(泰山木)의 벚꽃이 바람도 불지 않는데 하늘하늘 흩날리고 있었다.

히사요시는 이런 살벌한 성격의 소유자인 한편 눈물이 날 정도로 섬세한 감성의 소유자였다. 그는 주변 모든 사람들을 압도하는 기운을 지니고 있었으나, 주변 모든 사람들을 사랑할 수 있는 상냥함과 다정함을 가진 사람이었다.

세상사는 모두 다정한 마음으로 임하지 않으면 안 된다. 나는 의외(意外)를 부정하는 에고이즘도 아니고, 타자에 대한 사랑이 지극한 톨스토이즘도 아니다. 그 사이에 생겨나는 다정함에 따라 살아가지 않으면 안 된다. 이것이 그의 사회관이며 생(生)에 대한 해석이었다. 그의 이러한 사회관이자 생활관은 얼마간 시간이 지나도 변하는 일이 없었다.

"어머니도 좋아하시겠지. 데쓰오도 기뻐할 거고"

112

히사요시의 가슴은 이 감정이 용솟음치는 것을 느끼지 않을 수 없었다.

그는 이 감정을 계속 이어가며 오사카로부터 형님의 답신을 기다리고 있다.

필시 히사요시에게 형다운 답신이 올 것이다. 그 답신 속에는 형의 어머니에 대한 감정이 조금이라도 드러나 있을 것이다. 그 답신 속에 형제로서의 강력한 유대감과 애정이 드러날 것이다. 형제는 항상 뿔뿔이 흩어져 있어 타인보다도 어색하기는 해도, 이번이 말로 할 수 없는 친근함을 표현할 수 있는 기회라고 본 그는 형의 답신을 기다리고 있었다. 3, 4일이 지나서 답장이 왔다.

"……어머니는 더욱 더 건강하셔서 기쁠 따름. 오사카에는 3일간 체류하며 여러 곳을 관광하고 ××일 오사카 발 귀향 편에 오를 것……"

이 답장을 읽었을 때 히사요시는 누가 철판으로 볼을 어루만진 듯한 차가움과 냉혹함을 느끼지 않을 수 없었다.

"뭐야. 편하게 해드리지 않으니까 금방 돌아가신다는 거겠지."

그는 조금 충혈된 눈을 아내에게 돌렸다.

"어머님께선 우리 걱정 때문에 여행 같은 거 못하시는 거겠지요."

하고 아내는 아내다운 해석을 내렸다.

어머니로서도 어떻게 해서든 형님 부부와 풀어야 하는 감정이 있다는 것을 히사요시는 알고 있었다. 형은 차가울 정도로 냉정한 면이 있는 사람이었다. 그 부인도 조부의 피를 이어받아 어딘가 뒤틀린 사람이었다. 그 조부는 자신의 대(代)에 백만 엔이라는 재산을 만든 사람이었다.

히사요시는 결국 오사카 행을 단념하고 오로지 부인의 출산에 만 관심을 기울여야 했다.

폭풍!

그런 경보를 바로 전날 밤에 들은 선원과 같은 불안과 공포를 안고 사건이 터지는 것을 맘 졸이며 기다리고 있었다.

"초산이니까 어쨌건 여종이 없으면 안 되지."

그의 친구나 지인들이 권하여 그는 고용인을 찾았다. 그의 친척 들은 내 일처럼 걱정해주었으나 적당한 사람을 찾을 수 없었다.

"좋은 분이 있다고 들었어요. 나이도 상당히 들었고 산파 경험 도 있다고 하더라고요. 혼마치(本町, 아내의 친정) 쪽에 들렀다고 해 서 인연이라고 생각하고 꼭 와 달라고 부탁드렸어요. 모레쯤에 오 실 거예요."

114

어느 날 아내는 밝은 얼굴을 하고 히사요시가 돌아오기를 무척이나 기다렸다는 듯 말했다.

그 모레가 왔다.

홀쭉하고 얼굴빛이 안 좋고 묶은 머리를 한, 상상했던 것보다 나이가 많으며 게다가 어딘가 음란한 기운이 드는 여자였다.

그슬린 하오리(羽織)를 입고 화롯가에 앉아 인사를 받았을 때, 히사요시는 지금까지 없었던 한 가장으로서의 위엄이 느껴졌다.

2, 3일이 지나고 부인은 이렇게 말했다.

"음기가 도는 여자이지만 일 잘해요. 일단 그 정도면 괜찮은 편이라니까요."

히사요시는 그 보고를 듣고서야 비로소 안심하고 일을 할 수 있었다.

"묘하네요. 여자가 어젯밤 제 방에서 훌쩍훌쩍 울고 있었어요. 어째서 그러냐고 물으니까 외로워서 울고 있다더라고요. 서른 살 이상이 되어 그런 식으로 가끔씩 우는 일이 있는지 생각해보면, 묘하게 까칠할 때도 있어 한 마디도 하지 않는 때가 있어요."

"상당히 히스테릭하구만."

"게다가 태평정(太平町)에서 일하고 있는 남동생이 있다고 하더라고요. 그가 오지 않아서 섭섭하다고 하면서 울더라니까요."

"남동생이 오지 않아서 운다니, 이상하구만. 괴팍한 사람이야."

히사요시는 농담을 하면서 이 여자에 관해 생각해 보니 적당히 짜증이 나지 않을 수 없었다.

3일 지나고 부인은

"어젯밤 그 남동생이라는 사람이 왔어요. 아직 24, 5살 정도의 상냥한 남자더라고요. 특별히 여자에게 별 일도 없었어요. 다만 상당히 화장이 짙더라고요."

"점점 이상하구만."

두 사람이 만났다는 밤에 여자는 상당히 히스테릭하게 웃었다.

그 뒤로 여자는 밤늦게도 종종 용건을 만들어 외출했다. 목욕탕에 간다고 하고는 약 3시간이 넘게 나갔다 오고는 무서울 정도로 얼굴에 화장이 칠해져 있는데다가 상당히 적갈색으로 보여 무겁고 갑갑한 인상을 줄 정도였다.

그럼에도 히사요시 부부는 출산이라는 중대사건을 앞두고 있어 여자에 대해서는 완전히 방임주의를 취하고 있었다. 그리고는 그녀가 하고 싶어 하는 대로 내버려 두었다.

폭풍의 날은 다가오고 있었다. 부인도 이미 이를 예감하고, 어둠 속에 눈이 먼 채로 뛰어드는 예감을 안고 그날이 오기를 기다렸다.

이윽고 그날이 다가왔다.

어느 아침, 부인은 여자를 불러 "어젯밤 2시 경부터 욱신욱신 아프기 시작했어요. 그리고 심하게 비지땀이 흐르고요."

여종은 자고 있는 부인의 배를 만지며,

"그렇습니까. 절대로 걱정할 일은 아닙니다."

히사요시는 쫓아오는 듯 거대한 공포와 책임감을 느끼며 일자리로 나갔다. 큰 신음소리를 남기면서.

순산했다는 전화가 걸려와 자동차로 집에 달려온 때, 위대한 생명의 덩어리가 배우처럼 변하는 표상을 이루면서 거기에 흘러들어왔다. 그 붉은 기를 띤 얼굴과 꽉 잡은 손에 혼신의 힘을 주면서 우는 소리는 히사요시에게는 천지가 진동할 정도의 굉음과 같은 울림으로 다가왔다.

그는 이 세계에 나온 새로운 자신의 생명을 보았을 때, 눈물겨운 책임감을 깨달은 동시에 무서울 정도로 긴장한 마음을 다잡고 의연히 바라보았다. 아기는 뭔가 자신의 권리를 주장하기라도 하는 듯 방약무인한 태도로 울고 있었다.

히사요시는 폭풍의 날 전후는 여종과 같이 있었다.

그녀는 얇은 종이를 벗기는 듯이 그 성격을 주저 없이 드러내었다.

히사요시는 그 무렵 한 마리의 서양종 개를 키우고 있었다. 그것은 히사요시가 가장 친하게 지내고 있는 T씨로부터 받은 세터종의 아름다운 강아지였다.

여름 어느 날이었다. 그는 T씨를 방문하여 태어난 강아지 중 가장 아름답고 가장 통통한 개를 분양받기로 약속했다. T씨의 부인은,

"너 오늘부터 히사요시 씨 댁에 가는 거다."

라고 상냥하게 황금색인 개의 털을 쓰다듬으며 아이를 안는 듯이 집을 나섰다. 히사요시는 강아지를 T씨의 부인에게서 받아 두세 걸음 걷고 뒤돌아보니 T씨의 부인은 히사요시의 뒷모습을 배웅하고 있었다. 작은 동물이 어떻게 자신의 어미와 이별했는지 히사요시의 가슴을 베게 삼아 새근새근 자고 있었다.

"개를 분양받았어."

히사요시는 부인에게 보여주려고 강아지를 자기 집 뜰에 풀어주니 작은 동물은 당황하며 정원을 뱅뱅 돌며 마루 밑으로 들어갔다. 히사요시의 작은 동물에 대한 애정은 넘쳐났다.

그는 아침마다 개를 데리고 산보에 나섰다. 개를 위해서도 여러 좋은 것들을 먹였다. 작은 동물은 점점 커갔다. 그때는 이미 밖에 내보내도 반드시 그의 집에 돌아올 정도였다.

히사요시는 근무처에서 돌아오자마자 먼저 애견을 보는 것이 무엇보다도 행복한 일이었다.

여종의 잔학함은 먼저 이 애견의 머리 위에 떨어졌다. 그녀는 뭐든 꼬투리 잡아 이 순수한 개에게 심하게 화풀이했다. 허나 히사요시는 피고용인들에게 이러쿵저러쿵 짐승 이야기하는 것을 좋아하지 않았다. 그리고는 아주 가만히 있었다.

"정말로 시끄러운 개가 아닌가요, 저는 도대체 일을 할 수가 없네요. 늘상 쫓아다녀서 곤란합니다."

여자는 히사요시가 개를 사랑하는 꼴을 보면 사뭇 분한 듯이 말했다.

어느 저녁, 히사요시는 매일 일과처럼 애견에게 저녁밥을 주려고 주방을 찾았다.

"개밥은 없어요. 방금 이곳에 들어와서는 밥을 먹어버렸어요."

거친 말투로 히사요시에게 이야기했다.

히사요시는 그저 조용히 있다가 이어서,

"그렇다면 배가 불렀겠지."라고 말하고는 그대로 두었다. 개는 매일 주어져야 하는 식사를 금지당한 슬픔을 그 행동거지에서 드러내면서 울었으나 결국 어두워지고는 자신의 집으로 숨어들었다.

어둠이 내려들었다. 히사요시는 아무래도 방금 전 개의 울음소리가 신경 쓰여 슬쩍 개집을 엿보며 개의 이름을 불러보았다.

그리고는 슬쩍 밖으로 나왔다. 길거리에 나오니 전등 빛이 길바닥에 반사되어 한 해에 한 번 있는 가을 축제가 끝난 뒤의 쓸쓸함을 남기고 있었다. 그는 어묵집 앞을 지나며 큰 어묵 하나를 사서는 가슴에 품고 돌아왔다. 개를 개집에 넣고 그 어묵을 슬쩍 개집 안에 던져 넣고 한숨을 쉬고는 자기의 서재에 들어갔다.

산후 조리 중인 아내도 아이도 새근새근 잠들어 있었다.

이런 일이 있고 2, 3일 뒤, 히사요시가 일터에서 돌아와 보니 애견의 모습이 보이지 않았다. 이곳저곳을 살피며 돌아다녔으나 보이지 않았다.

"밤이 되면 돌아오겠지요."

아내는 그렇게 말했지만, 그날 밤이 되어도 개는 돌아오지 않았다.

히사요시는 끝없는 실망감과 말로 옮길 수 없는 애잔함을 안고 아내의 이부자리를 찾았다.

"없어, 안 돌아왔어. 개집도 텅 비어 있다고."

이에 대한 아내의 계속되는 위로의 말을 기다리고 있었으나, 아무 말도 하지 않고 그저 아이의 얼굴을 보고 있기에 히사요시는 절망하며,

"아이가 태어났으니 개 스스로 나간 거겠지, 이미 누가 죽였을 거야."

하고 반쯤 우는 소리로 이야기하니 아내는 목이 메기 시작했다.

히사요시가 툭 던진 말에 아내는 한없이 눈물을 흘리고는 어깨를 떨면서 울기 시작했다. 히사요시는 그 눈물을 본 순간, 꽤나 만족스럽고 냉소적인 마음이 가슴속에 퍼져 웃기 시작했다는 것을 알게 되었다.

그 심경은 필시 살인귀가 선혈(鮮血)이 고이는 것을 보는 것과 같은 것이었다.

그러나 갑자기 히사요시는 말로 할 수 없는 공포를 느꼈다.

"울지 마, 울지 마. 지금 네 몸이 가장 중요하지, 개 따위가 다 뭐란 말이냐, 이 바보야!"

히사요시는 비겁함의 일종이라고 할 수밖에 없는 감정에 완전히 지배되어 허둥지둥 밖으로 나왔다. 뜨거운 눈물이 그렁그렁 거리며 흘러내렸다.

허나 그 눈물이 어떤 눈물이었는지 그는 이해할 수 없었다.

"어째서 우시는 겁니까. 개 따위일 뿐이라고요."

창백한 표정의 여종은 미울 정도로 침착하게 아내의 얼굴을 들여 보고 있었다……

그 해에는 평소보다 더운 날들이 이어졌다.

11월이 되어도 따뜻한 날들이 계속되었다. 히사요시는 어디 정해진 데도 없이 황금정(黃金町) 길거리를 걷고 있었다. 몸도 마음도 끓어오를 듯한 햇볕을 쬐면서…… 그리고 고무 위를 걷는 듯이 낭창낭창한 거리를 일부러 밟아가면서……

그는 수표교(水標橋)의 M 자동차 가게 앞에 멈춰 서서 점포 안을 엿보았다. 그 안에는 살찐 그 가게의 주인이 있었다.

"M씨, 이 주변에 개 도축장이 있다고 들었는데, 어디에 있나요?"

"바로 저깁니다. 안내드리죠"

평소 알고 지내는 M씨는 통통한 몸을 앞세우며 강가에 있는 온돌 집으로 안내했다. 점포에는 "개고기 가게"라고 써져 있었다.

M씨의 모습을 보고는 그곳의 주인인 듯한 30대 정도의 조선인은 아양 떠는 인사를 M씨에게 지르면서 개집 같은 곳으로 안내했다. 점포 안 2, 3명의 조선인이 구운 개고기를 먹고 있었다.

"여깁니다. 한 번 둘러보세요." M씨는 히사요시를 돌아보았다.

그곳에는 3마리의 연약한 개들이 두려움에 떨면서 히사요시 쪽을 보고 있었다. 그들은 내지인의 얼굴을 보고는 미묘히 꼬리를 치면서 애원하고 있는 것처럼 보였다.

"틀렸네요. 없어요."

"하아."

두 사람은 밖으로 나왔다.

"참 이상한 일이네요. 저기 개들은 개고기를 먹으니까요."

라고 M씨는 말했다.

"개라는 것들은 눈치가 있어서 댁의 부인께서 싫어하시면 이미 다 틀렸죠."

"아뇨. 저희 집사람은 개를 좋아하지만, 여종이 말이야······."

두 사람은 이 정도 이야기하고는 헤어졌다.

그런 일이 있고 히사요시가 집에 돌아와서 여종의 얼굴을 보니 뭔가 싫은 기분이 들었다. 때로는 그녀의 엄청나게 창백한 얼굴이 살아있는 모든 생물을 저주하고 있다는 생각까지 들었다.

"요즘 저도 상당히 참고 있지만, 이 여자 참 뻔뻔해서 못쓰겠네요."

아내는 마루 위에서 호소하듯 말했다.

아내의 이야기를 잘 들어보니, 아이가 태어나기 전과 태어나고 난 후 그 태도가 변했다는 것이었다. 그리고 어떠한 일을 하던 간에 뭔가 잔소리를 하지 않으면 성미가 풀리지 않았다. 그녀의 태도가 상당히 겸손하지 못한 것에 평소 유순한 산파인 T씨도,

"우리 여종님, 참 잘 되어먹은 사람이네요."

라고 냉소적으로 말하는 일이 종종 있었다는 것이다. 히사요시도 그런 일을 모르는 것은 아니었다. 히사요시는 그래도 남의 일이라는 듯한 얼굴을 하고 있었지만, 상당히 신경에 거슬릴 때에는

"그 여자 참 몹쓸 사람이야."

라고 아내에게 이야기 했다. 그럴 때에는 토악질이 날 정도의 감정이 든 때였다.

"여보, 그 여자가 휴가를 내고 싶다네요. 시집을 간다던데요."

어느 날 아내는 이렇게 히사요시에게 말했다. 아직 아내가 출산한 지 채 한 주도 지나지 않은 어느 날의 일이었다.

"곤란하네. 곧장 일을 대신할 사람을 찾지 못하면 골치 아픈데."

히사요시는 진심으로 한숨을 지었다. 그때 히사요시는 눈물이 흐를 것 같이 아프면서 그리고 한심한 어떤 감정이 가슴 속에 치솟았다.

여종은 무슨 일만 있으면 히사요시 부부에게 오늘은 사모님으로 오해받았어요, 오늘밤은 며느리가 친절하게 해주더니 사위랑 만나야 해서 급히 도망쳐 왔어요, 라는 식의 얘기를 해대는 것이었다. 히사요시도 부인도 그런 이야기를 들으면 적당히 맞추어 줄 수밖에 없는 자신들이 한심스러웠다.

"시집간다고 그러든지 말든지. 말릴 수도 없겠지."

히사요시는 이렇게 말했지만, 여사를 고용한 이래 가능한 물질적으로도 정신적으로도 그녀를 오히려 우대한 것에 짜증나는 분노를 느꼈다.

마침 그 다음날 산파의 소개로 예순에 가까운 노파를 맞이하게 되었다. 산모가 일어날 수 있을 때까지라는 조건 하에……

살찐 노파는 요코하마(横浜) 사람으로 만주에 있는 아들한테 가 있다가 이번 봄 아들이 독감으로 죽어 고향으로 돌아가려고 했으나 기댈 곳도 없고 하여 목돈을 조선에서 만들기 위해 이렇게 일한다는 것이었다.

그날 밤 여종은 무척 신경질적으로 오늘밤만이라는 약속으로 새로 온 노파와 같이 자게 되었다.

아침 일찍부터 히사요시에게 여자들이 싸우는 소리가 들려왔다. 여종과 노파가 싸우는 것이었다.

"저기, 어차피 나 같은 노인은 어차피 아무것도 못해요. 못한다고 해도 말이죠. 당신같이 젊은 사람들이 친절하고 상냥하게 대해주면, 나도 기뻐 힘이 나지요. 그걸 당신처럼 심술을 부리면 말이야. 나 일 못하겠네요. 실례하겠습니다. 나 같은 노인은……"

노파는 이미 우는 소리로 장황하게 말하기 시작했다. 여종은 이에 대해 그 히스테릭한 목소리로 변명하고 있었다.

히사요시는 부스스 일어났다.

"할머니, 이 사람이야 어차피 떠날 사람이니까 나쁜 맘먹지 마시고 화 진정하시고 일해주세요. 할머니."

히사요시는 영 익숙하지 않은 어조로 이렇게 노파를 달랜 결과, 겨우 노파를 진정시켰다. 히사요시는 가능한 만큼 예의를 갖추어 여자를 돌려보냈다.

노파는 히사요시 부부에게 진솔하게 털어놓았다.

"할머니께서는 조금만 상냥하게 대해드려도 곧잘 눈물을 흘리시네요."

"그렇다니까요. 늙은이란 말이죠."

새근새근 잠든 아기를 안은 아내와 히사요시 사이에 이런 대화가 오가게 되고, 히사요시의 가정에는 온화하고 부드러운 바람이 불어오기 시작했다.

"할머니, 오늘밤은 제가 빵 사드리지요." 히사요시가 이렇게 말하면서 10전 은화를 흔쾌히 던지는 일도 있었다.

노파는 중국 빵을 좋아하여 자주 식사처럼 빵을 성심껏 먹고 있었다. 그리고 그녀의 입도 우물우물 움직이며 자신의 이야기를 털어놓는 것이었다.

노파가 오고 나서 약 1주일 정도 지나, 혼마치(本町)의 어머니가 히사요시 부부에게

"그, 그 여종. 이 집에 있던 여자 말이다. 어젯밤 우산을 같이 쓰고, 혼마치 거리를 남동생이라는 그 자와 같이 지나갔다 하더라고."

"아마 그렇겠지요."

라고 히사요시가 말하자,

"우리들은 그런 여자를 떠돌이라고 말하지요. 조금 둔한 남자들을 속여 먹는 걸 직업으로 삼는 사람들이라니까요."

할머니는 옆방에서 일손을 쉬고는 돌연히 이런 말을 했다. (끝)

*『朝鮮公論』第9卷1号, 1921.1

평화박람회에 나타난 일본의 건축계
−구미 건축의 일본화에 주목하라−

●

쓰카모토 야스시(塚本靖)

평화박람회 건축심사부장,
도쿄제대(東京帝大) 공과건축학장

건축의 심사라고 하는 일은 사실상 극히 어려운 일이다. 왜냐하면 예부터 건축이라고 하는 것이 단순히 수리(數理)상의 문제 또는 미관상의 문제에 한정된 것이라면 즉각 과학적 시점 또는 예술적 시점에서 판정을 내려도 되겠지만, 이는 그다지 간단히 되지 않고 결코 초보자는 알 수 없는 고심을 요하기 때문이다. 또한 다이쇼 박람회(大正博)와 평화박람회(平和博)의 출품작에 대해 평화박람회 작품들이 훨씬 진보했고 더 나은 것만 있었냐고 물어도 그 또한 답하기 곤란하다. 왜냐하면 건축 그 자체에 보는 이의 취향이라든가 기호 같은 것들이 매우 가미된 결과, 어떤 사람이 무척 좋아하는 것도 다른 사람은 "뭐야, 이 정도밖에 안 되나?"라고 하는 식으로 용이하게 진보와 퇴보의 차이를 말할 수 없기 때문이다. 이는 단지 입체적 총괄적인 건축에 대해서만 그런 것이 아니고 그저 하나의 조각에 대해서도 같은 말을 할 수 있기 때문으로, 이러한 일은 전통적인 형식을 다분히 지닌 일본건축에 있어서는 가장 적절한 구실이 있는 셈이다. 다음으로 다이쇼박람회와 비교하여 재미있는 점은 그 시대에는 아직 서양으로부터 수입된 그대로의 건축이 많았던 것에 비하여, 이번 평화박람회에서는 이탈리아, 프랑스, 에스파냐 것 등 온갖 것들이 여기저기에서 보이는 점이 가장 즐거운 바이다. 평화박람회의 건축부에 속하는 문화촌(文化村)에서는 때때로 천장이 낮다거나 방이 좁다거나 하는 여러 비평을 하는 자도 있지만, 그러한 사람들은 단순히 이상(理想)을 말하는 사람들로 문화촌 원래의 취지 중 하나인 평당 2백 엔이라는 조건을 잊고 있는 것이다. 평당 2백 엔으로 저만큼의 건물을 지을 수 있다면 최고라고 생각한다. 그 가운데에는 스팀 히팅(Steam-heating)이 완전히 갖춰진 것이 있는데 아주 교묘히 만들어진 편일 것이다. 온탕이나 변소 따위도 제법 잘 고안되어 있으나, 만일 잘 만든다고 해도 현재의 일본에서는 하수도 설비가 불완전하기 때문에 이를 한 발짝 더 진보시켜 철저하고 위생적이 될 수 없음은 단순히 문화촌에 대해 아쉬울 뿐만 아니라 일본 전체에 대해서도 유감스러운 일이라고 생각한다. 또한 바닥에 대해서도 곧장 구두로 맞춘다는 것은 현재 일본으로서는 아무리 단적(單的) 생활을 표방하는 사람이라도 주위가 철저하지 않으므로 아무튼 "이설로 됐지" 하는 곳까지 도달하지 않음은 마찬가지로 곤란한 일이다. 또한 문화촌에서 사용되고 있는 붉은 벽돌은 단열, 방한에 좋기만 하지만 이는 일반적으로 가격이 높기 때문에 꼭 써야 한다는 것은 아니다. 나아가 한마디 덧붙이자면, 문화촌의 건축물을 그대로 자신의 집으로 만들어야 한다는 의미는 물론 아니며 건축하는 사람에게 단순히 힌트를 주고 싶다는 의미이다. 허나 이 정도의 가격으로 부부와 자식 2, 3명 및 하녀가 충분히 살 수 있으니 참으로 괜찮다고 본다.

* 『朝鮮公論』 第10卷6号, 1922.6.

지진과 건축

●

나카무라 마코토(中村誠)

조선식산은행 영선(營繕)과장

우리나라에는 어째서 지진이 잦은가

이번에 제도(帝都)를 비롯한 간토 지방 일대에 걸친 대지진은 실로 유사 이래 미증유의 대지진으로 특히 다수의 인명을 앗아가고 거액의 국고를 희생한 것은 실로 통한의 극치이다. 이에 대해 앞으로 어떠한 방침 아래서 부흥을 꾀해야 하는가에 관해서는 각 방면으로 최대한의 노력이 필요한 형편이지만, 먼저 이와 동시에 지진의 본질을 연구하고 건축 상의 구조를 반드시 안심할 수 있는 것으로 만들 필요가 있다고 생각한다.

첫 번째로 우리나라에는 왜 지진이 많은 것인가 말하자면, 지진이 일어나는 지역은 대략 지구상에서는 대체적으로 정해져 있다는 것이 그 답이다. 이는 아시아에는 아시아의 지진지대가 있고, 또 미국에는 미국의 지진지대가 있다. 예를 들어 아시아 지역을 보면, 지세가 원만한 중국에서도 북청(北淸) 지방 즉 만주, 산둥(山東) 지방은 예부터 지진이 없었으나, 남청(南淸) 즉 쓰촨(四川), 깐쑤(甘肅), 광둥(廣東) 지방에서 히말라야 산에 걸친 인도 지방은 지진이 잦은 것이다. 이것이 즉 아시아의 지진지대라고 하는 것이다. 또 아메리카에서는 동부 해안 및 동부 지방의 지세가 완만하여 지진이 없으나, 서부 지역은 전에 이른바 대지진이 있었던 샌프란시스코 부근에서부터 캐나다까지는 지진이 잦다. 이것이 즉 미국의 지진지대이다. 이는 대개 지세가 완만한 지역에는 지진이 적고 매우 높은 산이 있으며, 특히 그것이 화산 계열의 산인 경우에는 그 지방은 지진 지역으로 간주한다. 그리고 일본은 이러한 아시아 지진지대와 미국 지진지대의 교차점에 위치하고 있는 것이다. 특히 지세가 가장 준열(峻烈)함의 극에 달하고, 게다가 그 면적이 협소하며 길고 좁다. 예를 들자면 후지산(富士山)과 같은 고봉이 있으면 그 가까이 태평양에는 세계적으로 유명한 깊이의 심해가 있다는 식의 지세에 놓인 나라이기 때문에 지각(地殼)도 상당히 약점이 많은 지각이다. 특히 국내에서는 각종 화산 계열 산맥이 첩첩히 있는 점이 세계적으로 지진국가로서 인정받고 있는 점이다.

어떠한 건축구조를 취해야 할 것인가

이러한 연유로 일본의 건축은 건축의 본질로서 내진성(耐震性)을 갖추지 않으면 안 됨이 당연하다. 그래서 옛날 건축을 보아도 지진은 꼭 일어나는 일로 생각하여 큰 저택에는 지진전(地震殿)이라고 하는 것이 예부터 설치되어 왔다. 예를 들자면 교토(京都) 황궁에는 오쓰네고덴(御常御殿)의 안뜰 한 쪽에 이즈미도노(泉殿)라고 하는 비상시에 대피할 수 있는 장소를 지어놓았다. 이것이 지진 시 황실의 피난소가 되는 것이다. 또한 에도(江戶)성에는 도쿠가와(德川) 시대에 혼마루(本丸) 어전 안에 있는 안뜰에 지진전이라고 하는 건물이 있었다고 하는 기록이 남아 있다. 그 구조를 보면 지하 7척 정도의 깊이로 한 간(間) 정도의 큰 돌을 묻어서는 그 위에 기둥을 세우고 나아가 기둥 사방으로 탄탄히 봉을 세워서 밑을 견고하게 한다. 그 위에는 아즈마야(東屋) 식의 건물을 세워 지붕은 가벼운 볏짚으로 하고는 강판을 두른 모습이다. 이는 비상시에 쇼군(將軍) 가문의 긴급 피난처로 삼은 것이다.

이는 옛날 목조 건축 시절에 아직 역학 구조가 발달하지 않았기 때문에 피난 본위의 건물로 삼았던 것이지만, 목조식 1층 가옥 건축은 보통의 구조로도 지진에 대해 상당한 강점을 지니고 있는 것이다. 아울러 이를 2층 이상으로 짓는 경우에는 지진으로 인하여 2층과 1층의 연결부가 부러져 2층집이 단층집이 되는 사례가 상당히 많기 때문에 앞으로의 지진에도 상당히 많이 있을 일이라고 생각된다. 앞으로 2층 목조 건물을 짓는 경우에는 재래식 기둥과 보만이 아니라 여기에 보충재를 넣음으로써 가능한 나무로만 이음매를 만드는 것을 그만두고, 볼트라든가 그 외의 금속제 이음매 같은 보강적인 금속을 충분히 사용하여 구조를 견고하게 하면 지진에 대해서는 상당히 안심할 수 있을 것이다.

예부터 내려오는 일본의 신사, 불각이 몇 번이나 진재(震災)를 겪으면서도 깊은 처마와 무거운 지붕을 지탱할 수 있었던 이유는 지붕의 중량을 모두 까치발식으로 지탱하고 있는 수가 많고 네모꼴로 지탱하고 있기 때문이다. 즉 기둥 위에서의 이음새가 상당히 견고하게 지어져 있기 때문이다. 이를 겹쳐서 지은 5중 탑은 진동을 받는 일이 상당히 많지만, 그 안의 주 기둥이 최상층부터 늘어져 내려와 중심 부분이 굴입주(掘立柱)보다도 아득히 밑으로 되어 있어 항상 진동에 대해 안정을 지킬 수 있게 되어 있는 것이다.

이번 지진을 보아도 매우 안심할 수 있는 것으로 여겨진다. 안세이(安政)의 지진 때에도 우에노(上野)의 대불(大佛)의 머리는 떨어졌지만, 우에노 및 야나카(谷中) 덴노지(天王寺)의 두 5중 탑은 조금도 이상이 없었다는 점을 보아도 알 수 있을 것이다. 또한 탑에 가까운 것으로는 굴뚝이 있다. 벽돌로 만든 굴뚝의 경우에는 약 3분의 1 지점에서 꺾이는 것이 보통이다. 이는 밑에서의 진동으로 인해 상부에 진동이 전해져 상부가 진동하기 때문이다. 상부와 하부의 진동 방향이 어긋나 그 결과 중간에서 부러지게 되는 것이다. 게다가 상부에 가까운 3분의 1 지점에서부터 꺾이는 것이다. 아사쿠사(淺草)의 12층 건물 같은 것도 이와 같은 이유로 7, 8층 부분에서 꺾인 것이다.

서양 건축의 경우에는

서양식 건물은 먼저 벽돌로 지은 경우에는 이는 목조 건물과는 반대로 먼저 지붕에 가까운 2층 쪽부터 무너지기 시작하여 아래의 벽이 남아 2층이 1층이 되는 경우가 많다. 그래서 벽돌제 건물을 짓는 경우에는 지행(地行)을 잘하고 벽을 멋대로 얇게 만들지 말고 가능한 벽의 진동을 막도록 하여야 한다. 그리고 도중에 칸

막이 벽 등을 가능한 목재로 짓지 말고 벽돌로 지어 이을 필요가 있다. 그리고 지진에 대해 가장 약한 것은 석조 건물이므로 석조 건물을 지을 때에는 반드시 벽돌로 벽을 뒷받침하지 않으면 붕괴하기 쉽다. 이는 벽의 강도라고 하는 것을 그 이음매인 모르타르의 힘만으로 만들고 있기 때문이다. 특히 주의해야 할 것은 목골(木骨) 축조의 경우는 각각 진동의 성질이 다르기 때문에 한층 더 빨리 강도가 약해지므로 절대로 그런 식으로 건축해서는 안 된다. 또한 목골에 얇은 벽돌 벽을 덧붙인 것도 지진에 대해서는 상당히 취약하므로 이도 되도록 건축해서는 안 된다.

그렇다면 지진에 대하여 완전히 안심할 수 있는 구조는 어떠한 것이냐 하면, 먼저 철근 콘크리트 구조를 최고라고 하지 않을 수 없다. 샌프란시스코 지진 때에도 철골구조의 건물은 지진에 전도되지는 않았어도 모두 불타서 엿가락이 되었으나, 철근 콘크리트 건물은 모두 지진에도 화재에도 안심할 수 있었기 때문에 지진이 잦은 지방의 건축은 철근 콘크리트로 짓지 않으면 안 된다는 것은 그 당시부터 말해져 왔던 것이지만, 이번 지진을 보아도 그 사실이 완전히 입증된 것이다. 즉 마루노우치(丸の內) 빌딩이나 가이죠(海上) 빌딩 등을 보아도 높이가 100척이 되는 고층 건물이라도 붕괴를 면할 수 있었던 것이다. 다만 표면을 피복한 장식 재료, 예를

들어 덧댄 벽돌의 박탈 및 벽의 절단면이 상당히 심한 경우가 있었기 때문에 앞으로는 이와 같은 피복 재료를 벽체에 견고하게 밀착시키는 것 등의 특단의 방법을 취하지 않으면 안 된다고 생각한다. 지금까지 일체의 고층 건물 건축 방법이 미국에서 발달한 형식을 그대로 일본에 적용한 것이라는 점에 이미 개량의 여지가 충분히 있다고 생각한다. 뉴욕은 전부 암반 위에 세워져 있으며 또한 지진이 없는 곳이므로 이것으로도 안전하지만 우리 일본은 안심할 수 없는 것이다. 앞으로는 한층 더 안심할 수 있는 건축을 하지 않으면 안 된다고 생각한다. 또한 벽돌제 고층 건물을 철골 벽돌제로 만드는 경우에 철골 사이 각 층의 벽을 얇은 벽돌로 덮는 것이 미국에서는 자주 행해지고 있다. 일본과 같은 지진국가에서는 이러한 방식은 안심할 수 있다고는 할 수 없다. 왜냐하면 지진의 진동으로 인해 먼저 얇은 벽이 파괴되고, 이어서 발생하는 화재로 인해 노출된 철골이 불에 녹아 결국에는 붕괴하는 데에 이르기 때문이다. 니혼바시(日本橋)에 있는 마루젠(丸善) 건물 등이 이러한 예를 보여주고 있다 하겠다.

다음으로 도쿄의 시타마치(下町)는 지반이 연약하기 때문에 고층 건축에는 적합하지 않다고 하는 사람들도 있지만, 오늘날의 발달한 화학에서 보자면 지반을 견고하게 만들고 강고한 지행을 하는 것은 쉬운 일로 받아들여지고 있다. 지반이 연약한 부분에는 장대한 콘크리트 말뚝을 박아 넣는 작업을 한다거나 혹은 콘크리트 말뚝 끝에 지지대 같은 것을 붙여서 충분히 집의 하중을 견딜 수 있도록 만드는 것이 가능한 현실이다. 그 외에 지행 시에 철재를 사용하여 강하게 만드는 것도 가능하기에 지반의 연약함을 걱정할 필요는 없는 것이다. 예를 들면 이번 내각이 이사하여 임시로 사용하고 있는 추밀원(樞密院) 건축은 최근 안쪽 못을 메웠다. 그 위에 철근 콘크리트 건물을 지은 것인데 이번 지진 때에 어떠한 이상도 없었다. 이를 보아도 명확히 지반을 강고하게 함이 가능하다는 증거가 되는 것이다.

내진보다도 오히려 내화(耐火) 건축을 철저히 해야 할 것

지진에 대해 안전한 건물을 짓는 것은 오히려 비교적 간단한 일이지만, 도시의 피해는 지진보다도 화재에 의한 피해가 수백 배 크다는 것은 샌프란시스코 지진 및 메스타드 지진 또는 인도 지진 등을 통해 보아도 이미 명확한 사실이다. 이는 지진이 발생하면 수도가 전혀 기능하지 않아 소방 수단이 없어짐으로 인해 화재를 막는다는 것이 전적으로 건물의 구조로 막는 것 이외에 방법이 없다는 의견은 모두 일치하는 바이다. 그럼에도 이번 제도(帝都) 지진에서도 도쿄는 건축 상으로는 아직 과도기의 도시라고 볼 수 있는 것으로 대부분이 목조 건축이었고 또한 얼핏 외부에서 보자면 벽돌 건물처럼 보이는 것도 실제로는 목조 뼈대에 벽돌을 두르거나 또는 돌을 두르고 있었기에 가장 활기차고 번화했던 도시의 대부분이 폐허가 되었음은 실로 유감스러운 일이다. 앞으로의 도시 건축이 반드시 내진, 내화를 중요시해야 함은 이번 지진으로 인해 일반인들의 뇌리에 새겨져야 했을 사항이다. 그렇다면 내화 건축이라는 것은 어떠한 것이냐 하면 먼저 외벽은 철근 콘크리트 또는 벽돌로 짓고 지붕, 바닥, 계단 등을 철근 콘크리트 또는 금속성 불연재로 지어야 하는 것이다. 그 외 각 창문에 방화선(放火扇)을 두는 것이나 창문의 개방장치에 나무를 쓰지 않는 것이나 건물의 각 부분을 방화 제방으로 나누는 것이 가장 필요한 일일 것이다. 이외에 되도록 내부에 사용하는 재료 등도 가연성 재료를 사용하지 않도록 하는 방법을 취하지 않으면 안 된다고 생각한다. 또한 건물에 부수적인 전기 배선이라든가 가스 장치라든가 취사장, 목욕탕, 스토브나 난방 설비 같은 것도 화재 위험이 없도록 상당한 주의를 기울이지 않으면 안 된다고 생각한다. 특히 앞으로는 전선이나 가스관이 천재지변이 일어남

과 동시에 자동적으로 끊기는 장치가 당연히 연구되어야 한다고
생각한다.

조선과 지진

조선은 이조시대에 지진이 상당히 발생하였지만, 지금은 휴지기
이기 때문에 장래에도 내지와 같은 지진은 있기 힘들다고 본다.
하지만 조선 내 각 도시의 발전은 최근 현저히 발달하고 있으나,
도시 건축이라는 것은 귀중한 생명, 재산의 보호 등 전적으로 건
축 구조의 여하에 따르므로 점점 더 현대적인 건축 구조를 취하여
견고하고 또한 내화성이 있는 건축으로 만들어 이번 시에 손해를
입지 않는 것이 가장 필요하다고 생각한다. 만약 도쿄가 일본의
수도로서 구미에 비해 빈약한 도시계획이 아닌 내화, 내진 설계를
다한 이상적 수도였다면 앞으로 지진을 맞닥뜨려도 이와 같이 많
은 생명과 재산을 잃는 일이 없을 것임은 말할 나위도 없을 것이
다. 하지만 인근의 손해를 입은 지방에 대하여 즉각적으로 구조
사업을 행하는 것이 가능했고 또한 응급 처치를 취하는 것이 가능
했기에 일본의 수도로서의 면목을 지키는 책무는 다했다고 생각
한다. 이걸로 도시의 안심이라고 하는 것은 그 도시 자신에게 필

146

요한 일일 뿐만 아니라 전 국민에게 관계있음은 깊이 생각해야 할
일로 앞으로 조선의 각 도시에 있어서도 이번 지진에 따라 화재가
나고 재가 되고 할 것이다. 도쿄의 전철을 밟지 않는 도시 계획을
세울 것을 희망하는 바이다.

*『朝鮮公論』第11巻10号, 1923.10

도시개선과 주택문제

●

시노자키 한스케(篠崎半助)

조선토지경영주식회사 사장

지금 우리나라의 도시개선 및 주택문제는 이를 정치경제 방면에서 보아도 또는 일반 사회의 각 시설이라는 시점에서 보아도 심히 필요한 상황이다. 특히 우리 경성처럼 항상 주택문제로 관민과 유식자 사이에 진지하게 토의가 이루어지는 경우에는 본 건은 급무 중에서도 가장 급한 일이라 하지 않을 수 없다.

　　예부터 도시의 발전과 더불어 인구가 현저히 밀집되고 그곳에 문화적 설비가 유감없이 설치되어도, 상공업자를 제외한 단순한 거주자는 비교적 지가가 높아 또한 협소한 시가지에 거주하기보다는 오히려 한적한 교외에서의 생활을 선호하는 사람이 많은 것이다. 무엇보다도 단순히 주택 문제라 하여도 이를 경제적 또는 건축전문가의 입장에서 볼 경우 각각 다소의 차이야 있겠지만, 내지의 각 도시에 있어서는 건축회사에 의해 비교적 지가가 낮은 교외의 땅에 주택이 건설되고 있음을 본다. 물론 단순히 거주를 목적으로 하는 봉급생활자 같은 사람들에게 비위생의 극치인데다 협소한 시가지의 생활보다, 아침저녁 신선한 공기를 호흡할 수 있는 하늘의 은혜를 접할 수 있는 쪽이 얼마만큼 더 좋은지 알 수 없다. 지금 경성에서 이와 같은 주택지 문제를 사회의 한 과제로서 연구하게 된 것도 아주 당연한 결과일 것이라고 생각한다.

시험 삼아 경성 시내의 지가를 생각해 보기에 앞서, 혼마치 요지는 평당 5백 엔 내지 7백 엔, 남대문 거리는 4백 엔 내지 6백 엔, 황금정 거리는 2백 엔 내지 5백 엔, 조선인 거리인 종로 거리의 요지는 1천 엔8) 정도라고 들었다. 그리고 성내는 아무리 값이 싼 곳이라도 20엔 내지 30엔 못 미치는 곳은 적은 듯하다. 게다가 경성의 땅은 하루가 다르게 융성해져서 거대한 건축물이 연달아 지어지고 지가는 점점 올라가고 있는 듯하다. 그럼에도 불구하고 한번 성 밖, 즉 교외에 발을 들이면 어째서인지 그 지가는 실로 수십 분 또는 수백 분의 1이 된다. 그렇다면 단순한 거주만을 목적으로 하는 사람들이 이를 갈망하는 것도 또한 당연한 일이다. 그리하여 도시로서 상업지, 공업지, 주택지를 구획하는 것은 도시

---

8) 다음 문단에 나오는 서술 내용으로 보아 아마도 1백 엔의 잘못인 듯하다.

개선의 한 걸음이자 또한 이를 장래 대(大) 경성 건설의 첫 걸음으로 삼지 않으면 안 된다. 지금 이 교외주택지 건설문제는 내선(內鮮)의 땅 모두 의논할 단계는 지났고 이미 실행할 단계에 돌입했지만, 막상 실현 단계가 되면 즉시 상당한 자금이 필요하기에 절대로 그렇게 간단하게 시행될 것은 아니고 반드시 수많은 곤란한 문제가 동반될 것을 각오하지 않으면 안 된다.

생각해보면 경성의 토지는 이른바 내지의 6대 도시에 비교하자면, 그 가격은 현저히 저렴하고 특히 교외는 앞서 말한 바와 같이 내지 도회지의 교외 지가와는 아예 비교 자체가 되지 않는다. 게다가 여기에는 전차 편도 충분히 있으니 만일 이곳에 인구 5백 내지 1천 호 정도를 수용할 수 있는 부락을 건설한다면 그 지가는 필시 몇 년 걸리지 않아 구입 당시의 몇 배 혹은 몇 십 배가 될 것은 불 보듯 훤한 일일 것이다. 그렇기에 바라건대 이를 실현할 방법으로 필요한 자금은 특히 이를 내지의 기업가들에게 의존한다든가 또는 사회봉사의 일선 주택완화책의 한 방책으로서 조선 내의 독지가들에게 의존한다든가 특수한 금융 방법을 마련한다든가 그리하여 특수한 형태를 구비하여 이 거대한 이상의 실현에 대하여 나는 항상 고려하고 있는 이들 중 하나이다. (완)

*『朝鮮公論』第12卷1号, 1924.1

‖ 창작 ‖

흘러와서

─기자 생활 기록─

●

미타 교카(三田鄕花)

그렇게 걱정한다고 해도 되는 대로 될 뿐이다. 두려워 할 것 없이 대지에 크게 한 발을 디디며 가면 된다……

이러한 자기 애착의 등불을 희미하게나마 북돋고는 먼저 차창에서 T정(町) 거리를 바라보았다.

인구 약 5만 5천 명으로 그중 내지인은 1만 5천여 명……이라고 들은 만큼, 거리 중앙에 접근함에 따라 상당히 크고 화려한 미를 자랑하는 양관(洋館) 혹은 내지인 가옥이 참 빗살처럼 늘어서 있다.

동쪽으로 조족(鳥足), 동학(童鶴), 남쪽으로 비파(琵琶), 청룡(靑龍), 서쪽으로 와룡(臥龍)의 각 산악을 비추며 그 사이의 옥야(沃野)에 군림하는 상업도시이다…… 등등의 의미가 그의 여행의 유일한 나침반인 여행편람에 적혀 있었다.

"총 인구로 보자면 1만 5천분의 1밖에 되지 않는 불쌍한 나 하나 생활의 보증을 설마 거절하지는 않겠지……."

인색하지 마라
꼬리 흔드는 개는

부딪쳐 봐라……고 하지 않던가, 그는 이렇게 애통하며 호소하는 기분으로 꽉 찬 채로 식민지 T정 역의 긴 보도에 하차했다.

배웅하고 마중하는 사람들의 무리, 손님을 기다리는 열 대가 넘는 인력거 게다가 자동차까지 달려들고 있는 개찰구로 나오자 무의식중에 덮쳐 온 거대한 우수에 젖은 그는 우물쭈물 대며 사람들의 무리를 돌아볼 따름이었지만 그가 아는 사람은 한 명도 없었다.

그뿐이겠나, 무리 속 이 사람이나 저 사람이나 모두의 눈동자는 불안하게 호소하는 그의 태도를 비웃고 있는 것처럼 생각되었다.

단지 한 조선인 호객꾼이 "……××여관입니다. ××여관입니다……"

라면서 집요하게 그에게 여관을 권했다. 허나 이 집요함에 질린 그는 도망치는 듯이 그 호객꾼에게 벗어나고는 역의 3등 대합실로 들어갔다.

몇 줄로 주르륵 늘어서 있는 널빤지 벤치에는 지방의 촌락에서 올라온 조선인 승객들이 다음 열차를 기다리다 지친 듯이 허리를 걸치고 앉아 있었다.

허나 다른 민족이 내뿜는 유쾌하지 못한 체취 게다가 이 민족이 공유하고 있는 위생적 관념의 결핍에서 나오는 실내의 불결함은 턱하니 그의 가슴을 막았다. 휴지나 먹다 남은 음식은 청소부가 쉴 새 없이 청소하는 데에도 불구하고 계속해서 다시 불결해지고 있었다.

이 3등 대합실의 누추한 꼴에 그는 1등, 2등 공통 대합실에서 잠시 휴식을 취할 생각으로 나갔으나, 빈약한 자신의 복장이 마음에 걸리고 푹신한 소파의 감촉이 마음에 괴로웠다.

목적지도 없이 길거리에 나섰다.

그리고 약 2시간도 넘게 길거리를 헤엄치듯 걸어갔다.

구인 광고라도 붙어 있는 상점은 없는 건가…… 그의 눈은 쟁반처럼 크게 반짝대며 회북(會北)은행 이어서는 상가의 처마 밑을 주의 깊게 보고 있었다.

허나 어느 하나 그럴듯한 집을 찾는 것은 곤란했다. 그저 한 카페에 '여급 채용'이라는 팻말이 걸려 있는 것을 보았을 뿐이다.

남자라서 느끼는 슬픔……이라고 생각했다.

여자였다면…… 하고 여인을 예찬하는 기분에 잠겨간다.

태양 빛이 밝음을 잃고 점점 그림자가 어둡고 짙어질 때까지 그는 역시나 정처 없이 길거리를 걸었다.

한없이 배가 고파왔다.

가슴에 55전밖에 없음은 잘 알고 있다. 55전으로는 오늘 밤 묵을 돈도 되지 않는다. 내일은 또 어찌할 것인가…… 생각을 굴리면 굴릴수록 마음은 더 불안해질 뿐이지만, …… "먼저 당면한 긴급 문제부터 해결하는 게 최선이다."……라고 그는 단언하면서 다시 역으로 돌아갔다.

역에서 파는 40엔짜리 도시락을 먹고 구원받은 것처럼 인간미를 맛본 때에는 밝게 전등이 켜지고 남조선의 도시에는 조용한 봄밤이 찾아와 있었다.

역 앞 파출소의 순사가 만약에나…… "이 부랑자 놈"……이라 말하며 나를 불러 세우지 않을까 하는 생각까지 드는 묘하게 신경이 곤두서는 무기력함에 그 우울함을 털어버리기 위해 발을 교외로, 교외로 향해 내딛기 시작했다.

부랑자
　　밥줄 끊긴 이
　　부랑자

　이 글자는 상당히 조잡한 느낌을 주지만, 지금의 그에게는 그 자신이 받아야 할 이름인 듯 했다.

　"칸트를 알고 베르그송을 알고, 크로포트킨 나아가서는 마르크스의 학설을 아는 것보다도 오늘 밤 하루를 보낼 숙박료가 있었으면 좋겠구나." 그는 이렇게 주절대지 않을 수 없었다.

　그는 그와 마주치는 젊은 조선인의 당당한 걸음걸이와 그것이 아무리 누추한 가옥이라 하더라도 그 집에서 흘러나오는 밝은 등불에 말할 수 없는 선망의 마음이 들었다.

　　그저 나 홀로
　　돈도 없는데
　　아는 이 없는 토지에서
　　젊은 몸 하늘을

　어떻게 되는 걸까……. 이러한 하나하나의 불행한 추억들이 떠오르기 시작한 때, 세 명의 친구들과 헤어져 이 거리에 헤매 들어온 어리석은 용기를 후회하지 않을 수 없었다.

그 순간 필시 영업하고 있을 이 거리의 유곽을 찾아가면, 불쌍한 여자인 요시에(芳江)를 만날지도 모른다고 생각했다.

비록 천하고 부평초처럼 떠다니는 유곽의 여자라고 하더라도 한때는 아름다운 처녀의 마음을 간직했던 요시에다. 오늘 밤 숙박료 정도는 마련하지 못할 것도 아닐 것이다…….

그는 길 가는 사람들이 가르쳐 준대로 그저 근처 유곽의 등불로 빨려들어 갔다.

왁자한 샤미센(三味線) 소리, 천한 말투로 눈요기하며 걷는 유객꾼 무리, 이에 질세라 조금도 물러서지 않는 유녀들의 탁한 목소리…….

이렇게 강렬한 식민지 유곽의 분위기에 휩싸이며 힘없는 발에 용기를 내어 집마다 여자를 둘러보러 갔다.

네 집, 다섯 집, 여섯 집 그리고 마지막으로 열세 번째 집까지 모두 다 돌아봐도 결국 요시에의 모습은 찾을 수 없었다.

"안 왔을 리가 없는데……."라고 완고히 믿고 있었기에 완전히 실망하여 유곽의 등불을 뒤로 하고는 아직 옅은 어둠 속 변두리로 섞여 들어갔다.

"아마 손님이 있어서 자기 방에 들어간 거겠지……."

그는 요시에가 탐욕스런 아버지의 희생양이 되어 매춘부가 된

뒤로 반년이 지나는 동안 정신적이든 육체적이든 이상한 변화가
있을 거라 상상 되었다.

그리고 동시에 그 반년 동안 …… 신문기자, 실연, S정(町)에서
조선으로……라는 식으로 고양이 눈 돌아가는 듯이 어수선한 생
활을 보내온 자신의 변화에 관한 생각도 들었다.

그는 이 두 개의 운명의 대립을 이번에는 전 인류 수준에까지
연장시켜 보았다.

실로 20하고도 수억의 사람들이 이렇게나 상이한 각자의 운명
을 품고는 인생 같은 것을 여행하고 있는 것이다. 참으로 현묘하
고 불가사의한 숙명의 교차라고 말하지 않을 수 없었다.

변두리 이곳 일대는 누추한 조선인의 가옥만으로 이루어져 있
었다. 그리고 행인 대부분이 조선인뿐이 되어가자 그는 어떠한 불
안감을 느끼지 않을 수 없었다.

철저히 학대받고 있는(?) 것에 대한 반감이 내지인인 그의 머리
위에서 갑자기 작렬하며 가공할 비상수단, 쿠데타가…… 등의 환
상까지 들기 시작했다.

허나 그럴 틈도 없이 그는 이 마을의 공설야구운동장처럼 보이
는 드넓은 공터를 발견했다.

그는 그 운동장의 스탠드에 걸터앉아 비로소 멍하니 창공을 바

라보았다.

푸른 하늘 높구나. 너무나도 덧없구나……. 이와 같이 신비로운 밤하늘에는 눈부시게 무수한 별들이 빛나고 있다.

어느 나라에서 보아도 그 별의 아름다움은 변함이 없었다. 변함이 없기 때문에야말로 그는 먼 고향집을 생각했다. 아버지도 어머니도 여동생도 이 별을 문득 바라보고 있을지 모른다. 더욱이 S정의 주민들은 오늘밤도 그 베란다의 난간에 기대어 새로운 연인과 봄을 축복하고 있을 것이다.

분함과 풀 데 없는 서글픔이…… 북받쳐 오르지만, 오늘밤 묵을 곳은 이 스탠드밖에 없었다.

둥그런 달님과 수많은 별 공주님들의 위로를 받고 푸른 하늘 아래에서 밤이슬에 젖어가며 내일의 희망을 그나마 꿈꿀 수 있도록 하자.

그는 열차 안에서 샀던 오사카 아사히(大阪朝日) 신문지 한 장을 널빤지로 만든 스탠드에 펼쳤다.

그리고는 자신의 야윈 손으로 베개를 하고는 될 대로 되라는 개처럼 대굴대굴 누웠다.

반도의 밤은 무겁게 깊어간다.

그리고 오전 두세 시가 되면 지상의 온기는 완전히 자취를 감추어 밤바람이 속절없이 그의 몸을 불어 날릴 듯하다.

이것이야말로 대륙성 기후라고 하는 것이겠지. 그는 자기 자신이 얼음처럼 차가워진 걸 깨달았다.

부르르 몸을 떨어가며 몸을 일으킨 그는 양 팔로 자신의 가슴을 껴안고 웅크리면서 동쪽 해가 빨리 밝아오기만을 기도했다.

널빤지 위에서 잔 탓인지 온몸이 아픔을 알리기 시작했다.

하지만 어떻든 심지를 다지고 날이 밝기를 기다리는 것 말고는 방법이 없었다.

아침이 되었다.

그는 조선인이 하는 막과자 가게에서 지갑을 다 턴 15전으로 바싹 마른 빵을 사서는 간단히 아침 식사를 해결했다.

자, 오늘 중으로 어떻게 해서든 생활의 동아줄을 잡지 않으면 세상이 뒤집어진다……라고 힘을 내고는 그 변두리 교외로부터 시가지 중심을 향해 터벅터벅 걷기 시작했다.

때마침 그는 『반도신보(半島新報)』라고 선명히 묵으로 적힌 한 신문사 앞에 멈춰 섰다.

목조건물이기는 하나 양관 풍의 아담한 외관은 지방신문치고는 세련된 편이라고 생각했다. 게다가 게시판 속의 신문지를 보니 활자도 새로운 데다가 윤전기로 인쇄한 것임을 알 수 있었다.

"그렇지, 먼저 이 신문사와 교섭해 보자. 나도 조금은 경험이 있는 일이니까……"라고 그는 결의를 다졌다.

"편집장은 언제쯤 출근하십니까?"라고 그는 사무원 같은 젊은 영업 남자에게 물었다.

"한 시간 반은 지나야 되겠는데요."라고 청년은 답했다. 그리고는 "용무가 있으면 댁으로 찾아가시는 편이 좋을지도 모르겠네요 가깝거든요……"라고 말하고는 매우 친절하게 그 주소까지 알려 주었다.

편집장치고는 풍채가 좋지 못한데다가 나이가 50을 넘긴 노인이었지만, 조금도 권위를 내세우지 않고 그의 이야기를 들어주었다.

"저도 회사에서 사장님께 말해 보겠지만…… 어떻습니까? 당신 스스로 사장님과 직접 교섭해 보지 않겠습니까……"라고 편집장은 나이에 어울리지 않는 아이를 두 명이나 달래면서 이렇게 말했다.

"사장은 보스 기질이 있고 도량이 큰 사람이니까, 사정을 잘 이야기하면 의외로 간단히 입사할 수 있을지도 몰라요. 즉, 당신하기 나름이라는 거지요……"라고 인사하고 나오는 그의 등 뒤에 덧붙여 말했다.

편집장의 빈약한 집과는 달리 대단히 당당한 대문에다 깔끔하게 정리된 현관의 격자문을 열고선 그는 편집장에게서 받은 소개장을 하녀에게 건넸다.

"제가 다나카 고로(田中梧樓)라는 사람입니다……" 몇 분 후, 그는 사장 앞에서 얌전히 머리를 숙였다.

"아, 그렇습니까." 사장은 무거운 어조로 이렇게 답하며 편집장의 소개장에 한 번 눈길을 주었다. 그리고는 지극히 여유 있는 태도로 그의 신문기자로서의 경력이나 자신 있는 방면 등에 관해 물었다.

게다가 그 질문은 상당히 논리 정연한 것들이었다. 이와 동시에 때때로 그에게 던지는 시선에는 신문사 사장으로서의 관록이 묻어나는 불굴의 번뜩거림이 있었다.

"저는 기자로서의 자신이 아직 갓 태어난 알임을 알고 있습니다. 그러나 노력에 따라 기대하시는 바를 이룰 수 있다고 생각합니다……"라고 그는 말했다. 그리고 지금 자신은 지갑에 동전 하나 가지고 있지 않음과 한 명의 지인도 없음을 솔직하게 고백

했다.

"알겠네. 젊은 사람에겐 그것도 가치 있는 체험이지. 하지만 회사 인사에 관한 일은 지배인과도 한번 상담해야 할 필요가 있으니까 자네는 여관에서라도 묵고 있으면 좋겠군. 두세 시간 후에는 답을 주도록 하지……."라고 사장은 말했다.

그는 당혹한 얼굴을 하고는 고개를 숙이고 있었다.

"걱정하지 않아도 돼. 여관비는 내가 대 주도록 하지."라고 사장은 미소를 짓고는 덧붙여 만일 자신의 회사에 고용할 수 없다면 어떻게든 다른 데를 소개해 주리라고 말했다. 그리고는 여종이 가져온 커피와 과자를 그에게 권했다.

권하자마자 한 방울도 남기지 않고 마신 한 잔의 커피와 한 조각 과자의 달콤함은 공복에 지쳐 있던 그의 오장육부에 기사회생할 에너지를 베풀어 주었다.

그의 미각은 두 조각 째의 과자를 갈구하고 있었다. ……한 조각의 과자 때문에 비천하게 보여서는 아니 된다. 무사는 먹지 못해도 이쑤시개로 이를 쑤시는 자란 말이다……라고 그는 입 안에 고이는 침을 삼켜가면서 뻗으려는 손을 무릎 위에 올렸다.

사장과 작별하고 자리에서 일어나 현관문으로 나가려 하는데 공교롭게도 약한 비가 내리기 시작했다.

"비가 올 것 같군." …… 이미 안에 들어갔을 거라 생각했던 사장은 일부러 현관 앞까지 나와서는 격자문 너머 밖을 바라보았다.

"잠깐 기다리게. 이걸 빌려줄 테니 오늘밤은 다시로(田代)라는 여관에 가서 묵도록 하게. 그리고 이 우산은 곧장 총각에게 말해 돌려주게……." 이렇게 말하며 도자기로 된 우산꽂이에서 '가와모토 시즈오(河本鎭雄)'라는 사장 자신의 이름이 써진 고리무늬 우산을 그에게 건넸다.

가는 비는 뱀 고리처럼 촉촉이 나리네

이 얼마나 좋은 날인가……라고 생각하며 그는 등나무로 감은 우산대를 움켜쥐고는 처음으로 알게 된 '사장 가와모토'의 넓은 도량에 감사하지 않을 수 없었다.

'사장 가와모토'에게서 우산을 빌린 나다. 비록 빈궁한 꼴을 하고 있지만 숙소에서는 정성을 다해 응대할 거다…… 그는 이렇게 생각하며 이 우산 하나에 걸린 사장의 위력과 동시에 그 미묘한 점까지 마음을 감동시키는 '사장 가와모토'의 걸출함에 감복할 수밖에 없었다.

"이렇게 세상 물정 다 겪은 사람이기에 나를 뽑아줄 수 있는 거다……."

이미 입사가 결정이라도 된 듯 행복감에 젖어 그는 사장이 가르쳐준 다시로 여관으로 서둘러 향했다.

오월의 비가 부슬부슬 내렸으나 여관에 도착했을 즈음에는 거의 다 그쳐 있었다. (계속)

•『朝鮮公論』第13卷9号, 1925.9

위용 있게 한성(漢城)
하늘을 제압하는
광화문의 신청사
－새 총감의 병환으로 인한
적막감, 대신(大官)
이동설과 하마평－

미야자키(宮崎生)

광화문 내의 총독부 신청사는 조선의 중앙 정무관청으로서 부끄럽지 않은 실로 장려함의 극치에 달한 대 전당이다.

'동양 제일'이라는 말도 참으로 과한 칭호가 아니라고 생각된다.

새해와 함께 추억 많은 왜성대(倭城臺) 위의 구 청사를 벗어나 본 대 청사로 이전한 총독부 관원들의 얼굴에는 상하의 구별 없이 희색이 만연하고, 그런 연유로 사무의 능률도 크게 오르고 있다. 하지만 반면에 대외적으로 만사가 관료식으로 행해져 왔다는 비난이 높은 것은 대체 어찌된 일이란 말인가? 먼저 광대한 앞 현관에는 칙임관(勅任官) 이상이 아니면 발도 들여놓을 수 없다. 시정 배들이 아무것도 모르고 다가가기라도 한다면 위험하다. 대갈일성(大喝一聲)으로 움츠리게 하지 않으면 안 된다……라는 제도가 선

포되어 사정모르는 대중을 얼마나 위협해 왔던가? 약 7백만 엔의 국고를 들여 준공한 신 총독부의 중앙부, 대리석을 사용하여 조각한 대 현관에는 30인 정도인 칙임관 급 이상의 관료가 아니면 올라갈 수 없다. 총독, 총감의 비서관을 비롯하여 국장 등의 수행원들은 어찌하면 좋을까 하며 심히 고민하고 있다. 도미나가(富永) 평안북도 경찰부장이 이 현관에서 수위에게 혼나고는 "내 얼굴이 그렇게 비루한 놈으로 보이냐" 하고 격노한 것과 같은 우스꽝스런 사례는 이루 헤아릴 수 없다.

귀빈 전용이라면 이해가 가지만, 관청 관원들에 차별을 두는 것은 우리들이 보면 심히 수긍이 가기 어려운 것으로 지위, 관직에 대한 존비를 현관문이나 통로를 통해 구별한다고 하는 것은 심히 우스꽝스런 일이라고 생각한다. 왜성대 시절의 무차별 평등이 역전된 것으로 세간으로부터 심한 비난을 받아 이윽고 철폐한 것은 당연하고 뜻에 맞는 것이다.

●

이어서 식당에 대한 비난도 많다. 고등관(高等官)은 호텔 같은 미려한 식탁에서 향기로운 꽃향기를 맡아가며 느긋이 식사를 하지만, 속관(屬官) 이하는 찻잔, 밥그릇, 수저를 한 손에 쥐고 너나

할 거 없이 복도를 달려 참새처럼 모여들고는 설 곳도 없는 식당에서 복닥거리지 않으면 안 되는 형편이다. 게다가 식사는 미리 전날 주문하며 번잡한 수순을 거쳐 전표를 여기저기 경유시켜 식권을 받지 않으면 안 되는 절차는 실로 관공서식. 이런 곳에서조차 번문욕례(繁文縟禮)를 하지 않고는 못 배기는 점을 보면 중국 관료들을 비웃을 게 아니다. 하나를 보면 열을 안다고 이런 꼴로는 모처럼 심기일전하여 능률이 올라가는 찰나에 좌절시키는 것이 되지 않을까? 허나 어떤 일이건 지금은 막 이사한 정돈기이다. 모처럼 더욱 나은 개선을 절실히 바라는 바이다. 하루 빨리 전 총독부 관원의 신청사, 아니 전 조선 민중의 청사가 되었으면 한다.

●

전 경무국장(警務局長) 마루야마 쓰루요시(丸山鶴吉) 씨가 이번에 대만척식회사(臺灣拓殖會社) 총재에 취임하게 되었다. 고토(後藤) 정무장관의 간절한 부탁에 따른 것이라는 소문이 돌았다. 그러나 그 방면에 대한 씨의 말에 의하면 위의 내용은 완전히 사실무근이고, 돌아오는 4월 전국 청년회 대회를 끝마치면 오랜만에 5월에야 조선을 방문한다는 것이다. 원래 마루야마 씨는 이러한 일에는 전혀 경험이 없음에도 불구하고 식민지 행정에 있어서는 조선에 체류

한 5년 동안의 체험을 바탕으로 깊은 이해가 있으며 또한 비범한 재간이 있기 때문에 신설되는 대만척식회사를 통솔하는 데에도 그 특수한 사명의 달성에 충분한 업적을 올릴 것임은 물론이나 씨는 마음속 깊이 기약하는 것이 있다. 자복(雌伏)하여 때를 기다리고 있는 것이다. 움직일 때라고 생각하지 않았는데 결국에는 오해였다.

●

연말부터 연초에 걸쳐 대만 여행을 한 것이 소문이 생긴 원인이라고 한다. 재야에 있어 잊히는 것과 일마다 문제가 되는 것으로 그 사람의 가치를 판단할 수 있다.

●

외유(外遊)를 끝내고 조선으로 돌아온 사토 시치타로(佐藤七太郎) 군은 이번에 법학전문학교장에 임명되어 칙임(勅任)에 올랐다. 과거 관직에서 그다지 큰 운이 없었던 그도 점차 순조로울 것이다. 실권은 없어도 칙임관의 지위에 오른 것은 이루 말할 바 없는 기쁨일 것이다.

철도성 서기관에서 이직한 도다 다다하루(戶田直溫) 철도국 이사는 조선에는 문외한인 사람이지만, 오무라(大村) 철도국장이 그 인물됨과 재능에 홀려 억지로 스카우트했다고 하므로 먼저 기대할 수 있는 인재라고 해도 좋으리라.

●

돌아오는 4월 총독부 관제를 일부 개정. 데라우치(寺內) 정권 시대처럼 비서과 이외에 인사과를 두게 되어 후지와라 기조(藤原喜藏) 군이 인사과장으로 옮겨 내년도 외유기(外遊期)까지 신설과를 지휘하고, 하기와라(萩原) 문서과장 또는 유노무라(湯村) 토지개량 과장이 전임 비서관으로 임명되는 동시에 본부 과장급의 인사이동이 실시되어 와타나베(渡邊) 평안남도 내무부장이 본부에 들어올 것이라는 소문이 돈다.

●

이쿠타(生田) 내무국장은 총독의 추천으로 동척(東拓) 이사에 취임하여 조선의 산미 증식을 위해 뼈를 깎는 노력을 하게 되었음은 축하할 일이다. 다음으로는 요네다(米田) 평안남도 지사가 이어받으리라는 설의 실현과 동시에 반드시 지사 급의 이동이 있겠으나, 좁은 범위의 이동에 그칠 것인가?

●

　그렇다고 해도 유능한 이쿠타 내무국장을 쉽사리 민간으로 내린 것은 심히 아까운 일이라는 의견이 많다. 그렇다고 해서 별 볼일 없는 이들을 민간으로 보낸다 해도 좋지 않다. 무척 어려운 일이다.

●

　유아사(湯淺) 총감의 병환으로 왠지 모를 적막감을 느꼈으나, 이번 기회에 아무쪼록 자중 자애하시기를 바랍니다.

●

　돌연한 정변이 오니, 앞에 놓인 것은 비인가 바람인가. 광화문에도 영향이 적지 않을 것이다.

＊『朝鮮公論』第14卷2号, 1926.2

봄과 경성 근교

●

마쓰무라 마사히코(松村正彦)

오랜 겨울의 추위에서 겨우 해방된 황진(黃塵)의 사람들. 봄빛을 맞으며 소생의 기쁨에 들뜬 도시의 사람들. 이러한 경성 사람들에 맞춰 하루 일정과 거리를 기준으로 교외 부근의 명승지를 소개하여 당일 산책에 도움이 되고자 한다.

● 청량리(淸涼里)

동대문에서 전차로도 좋고 경원선을 이용하는 것도 좋다. 부근의 도로에는 버드나무가 가지를 늘어뜨리고 기복 있는 구릉에는 소나무가 무성하여 청량(淸凉)이라는 이름에 모자랄 바가 없다. (전차로 5전, 기차로 25전)

• 영휘원(永徽園)

청량리에 위치하며 고 이태왕 전하의 왕비인 민비의 능묘가 있다.

• 동구릉(東九陵)

청량리에서 춘천가도를 따라 망우리 고개를 넘어 좌측으로 꺾어 십 정(町) 정도 지나면, 이조 왕조 7왕과 2비의 묘가 있다. 구릉이 첩첩하고 개울의 흐름은 나무에 가려진 채 세세라 소리를 내니 심히 유려한 경지라 하겠다. (청량리에서 자동차로 80전)

• 금곡릉(金谷陵)

청량리에서 춘천가도로 2리 정도 간 금곡 읍내에 있다. 이태왕 전하와 함께 민비 능묘의 소재지이다.

• 우이동(牛耳洞)

경성 동소문 밖의 경원가도로 2리 정도 거리에 있는 철로 경원선을 타고 창동(倉洞)역에서 하차하여 30여 정을 지나면, 뒤로 북한산의 준봉(峻峯)을 등에 지고 기암으로 만들어진 계곡에 개울물이 있으니 그 경치가 풍요롭다. 홍양호(洪良浩) 씨가 일본에서 옮겨 심은 벚꽃나무는 숲을 이루어 지금은 벚꽃 명소 중 하나가 되어 있다. (경성에서 창동역까지 2등석 72전, 3등석 40전)

● 가오리(加五里)

우이동의 건너편 10정. 이곳도 벚꽃의 명소이다.

● 남한산(南漢山)

전차의 종착역인 왕십리에서 5리. 광주읍(廣州邑)이 남한산으로 백제 초기의 도읍지였다. 즉, 이조 16대 인조(仁祖)가 청 태종의 습격을 받아 한때 이 구릉에 숨었다. 산꼭대기인 서장대(西將臺)는 해발 1천 6백 척의 고지이다. (경성 수표교에서 승합자동차로 2엔 30전)

● 봉산공원(鳳山公園)

경성 용산(龍山) 한강 변에 산악을 조성한 곳이다.

● 세검정(洗劍亭)

경복궁의 뒤편인 북문에서부터 비탈을 내려와 약 십 정. 옛날 신라 무열왕이 고구려 군을 물리친 옛 전장인 탕춘대(蕩春臺) 부근으로, 이조 제15대 광해군이 왕위를 찬탈하고 폭정이 심했던 시절 능양군(綾陽君)이 폭군의 폐위를 주장하며 거병한 곳이다.

● 독립문(獨立門)

시내 의주(義州) 거리를 북쪽으로 10여 정 정도 걸어가면 보이는 그 석문(石門)은 청일전쟁 이후 중국과의 종속관계를 철폐한 조선의 독립을 나타낸 기념문이다.

● 벽제관(碧蹄館)

의주(義州) 거리에서 4리(승합자동차로 1엔 50전) 또는 경의선 일산(一山)역에서 출발하면 2리(2등석 70전, 3등석 40전). 건물도 위치도 임진왜란 당시와는 다르나 문에 걸린 현판은 당시의 것으로 여겨진다.

● 인천(仁川)

불과 50년 전까지만 해도 제물포(濟物浦)라고 불리던 황해안의 한 어촌은 지금은 그레이트(great) 인천이 되었다. 대원군이 섭정하던 시절 기독교도들을 가둔 곳. 청일전쟁 때에는 오시마(大島) 여단이, 러일전쟁 때는 기고에(木越) 사단이 상륙한 곳. 항구 내에는 월미도가 있어 해수욕장으로 최적의 장소이다. 조선철도(鮮鐵)가 만철(滿鐵) 위임경영을 받던 당시의 유물로서 유원회사(遊園會社)나 염전도 있다. 그리고 선착장도 명물이다. (경성에서부터라면 인천역 한 정거장 전인 도현에서 하차하는 것이 좋다. 2등석은 1엔 17전, 3등석은 58전)

● 수원(水原)

경성에서 기차로 약 1시간. 높이 20여 척의 성벽이 시가를 둘러싸고 그 길이는 1만 3천 2백 척에 달한다. 예부터 나무의 고장, 물의 고장이라고 말해진다(2등석은 1엔 17전, 3등석은 65전). 읍내 근방에 팔달문(八達門), 화령전(華寧殿), 화성장대(華城將臺), 화홍문(華虹門), 방화수류정(訪花隨柳亭), 서호(西湖), 권업모범장(勸業模範場) 등 볼거리가 많다.

● 성환(成歡)

메이지(明治) 27년, 28년 오시마 여단이 청군을 격파한 전쟁사 첫 페이지에 빛나는 곳. 마쓰시마(松島) 대위의 충혼비, 성환 적성

농장 등이 부근에 있다. (기차로 2등석 2엔 40전, 3등석 1엔 30전)

● 개성(開城)

32대, 4백 4십여 년간 고려의 옛 도읍으로 인구 4만. 자연 상태로 내버려두어 황폐해져 옛 흔적을 볼 수 없는 곳이지만, 고려 인삼만은 여전히 두각을 드러내고 있다. 고려 인삼의 본고장 전매출장소(專賣出張所), 남문루(南門樓), 선죽교(善竹橋), 목청전(穆淸殿), 만월대(滿月臺), 채하동(彩霞洞), 박연폭포(朴淵瀑布) 등 볼거리가 많다. (2등석 2엔 7전, 3등석 1엔 15전)

● 온양온천(溫陽溫泉)

경부선 천안에서 하차(2등석 2엔 72전, 3등석 1엔 53전). 경남철도(京南鐵道)로 약 30분(2등석 80전, 3등석 50전).

● 유성온천(儒城溫泉)

경부선 대전에서 하차(2등석 4엔 70전, 3등석 2엔 60전). 자동차로 약 20분(50전). 신구(新舊) 온천 둘로 나뉘어 있다.

• 『朝鮮公論』 第14卷4号, 1926.4

대(大) 경성의 건설

●

우마노 세이치(馬野精一)

경성부윤(京城府尹)

한 나라의 문화가 항상 도시의 문명에 따라 형성되고 촉진됨은 말할 나위 없다.

문명이 도시에서 발달하고 한 나라 문화의 중추가 되어 움직이는 바에 국민 문화의 진전이 있다. 확실히 도시의 개량 건설이 그 분배적 지위를 가짐에 있어 중요시되는 까닭이며, 문화의 중추조건으로 인식되는 데에 도시의 사명이 있고 의의가 있는 것이다. 하지만 아울러 그 사회적 성능에 있어 또한 그 지각(智覺)에 있어 동서(東西)가 이러한 발달의 과정을 하나로 하지는 않는다. 즉, 조직건설 상에서 보아 피차간 자연스런 큰 차이가 있음은 사회 형성의 의식적 운영에서 나오는 당연한 귀결이며 여기서 도시건설의 고심이 생겨나는 것이다. 지금 시험 삼아 이를 세계의 각 도시에

189

비추어 보지 않겠는가. 영국의 도시주민은 전 인구의 8할, 독일과 프랑스의 도시주민은 전 인구의 7할, 미국의 도시주민은 전 인구의 6할, 내지의 도시주민은 전 인구의 5할에 달하는 상황에 비추어 봐도 문화가 얼마나 도시의 발달과 상관적(相關的) 지위에 있는 지를 엿볼 수 있다. 물론 본인은 도시집중주의 그 자체를 단순히 시인하고 긍정하는 것은 피하고 싶으나, 일국 문명의 원천이자 요람인 도시의 건전한 발달이 그 보편화에 따라 인류 생활의 문화를 돕고 공헌하는 기저를 이루는 데에 있어 도시계획의 개선은 절실하게 필요한 것이다.

지금 조선의 경성을 보면 조선의 수도로서 인구 35만 명을 수용하고 일본의 7대 도시 중 하나의 위치를 지니면서도 도시의 시설 중 위생, 교통, 건축 등에서부터 사회, 경제, 교육 등의 시설에 이르기까지 아직 나의 이상에 미치지 못하는 것이 적지 않다. 나는 경성부윤의 책무를 승계한 이래로 경성의 시정은 조선 문화의 연원이 되고 조선 개발의 여명(黎明)이 되어야 함을 늘 생각하고 있으나, 경성을 대도시로 만드는 계획을 짜는 데에 3개의 거대한 장애가 있다. 첫째는 경성에 상공업 도시로서의 요소가 결여되어 있고 정치도시로서의 요소가 많은 점. 둘째는 지세가 산악으로 둘러싸여 남산을 끼고 한강을 마주보고 있어 기복과 중첩이 많기에 범람의 위험이 있는 점. 셋째는 5백년 내려온 전통적 타성(惰性)에 의한 도읍지 성격을 지니기 때문에 새로운 계획을 수립하기가 극히 어렵다는 점. 그리하여 이 3개의 장애는 대 경성 건설상의 일대 특징이면서 약점이기도 하므로 이를 이용하여 일대 장점으로 만들어 하나의 대도시적 특징을 발휘시킬 필요가 있다.

지금 경성부의 인구증가를 보면 1년간 천 명에 12명의 비율로 증가하고 있다. 이 현상을 내지 도시의 평균인 40, 50명에 비교해 보면 극히 저조한 비율이다. 허나 내지 총인구 수 6천만 명의 증가율과 같다는 점을 보면 인구증가는 이상 없이 이뤄지고 있으나 도시로서는 이미 포화상태에 놓였다는 것을 엿볼 수 있다. 이에 반하여 인접한 면들은 32명, 즉 경성의 2배의 인구 증가를 보이고 있다. 경성부는 면적 1천만 배 이내의 구역이지만, 경성시는 이미 교외 인접 면으로 발달하여 산업이나 인구증가로 보아도 이미 근린 지역으로 발달하여 약 3천만 평, 즉 동서남북 3리 구역에 발전하여 이 지역의 주민은 경성 도시 주민으로서 공존 공영하는 위치에서 살아가고 있음이 명백하다. 허나 이 지역 내의 인구는 약 42만 명으로 고베(神戸)시보다도 적고 요코하마(橫濱)시보다 많은 정도이다. 이들 주민들의 색깔로 보고 직업으로 추산하여 보면 먼저

용강(龍江), 은평(恩平), 연희(延禧), 숭인(崇仁), 한강(漢江), 북면(北面)
의 여섯 면에 걸친 구역, 즉 현재 구역의 약 3배에 해당하는 7평
방 리(里) 3천만 평을 경성 구역으로 삼는 것이 대 경성 건설상에
필수불가결한 일이다. 이 구역 내에는 경성 용산(龍山)을 주요 역
으로 삼고, 보조역으로 남쪽에는 노량진(鷺梁津), 서빙고(西氷庫), 동
쪽에는 왕십리(往十里), 서쪽에는 신촌(新村)역 이상 5개 역을 둔다.
한강 수운(水運)으로는 마포(麻浦)항을 둠으로써 우선 조선 전 지역
수도로서의 교통 및 구역과 위치를 갖춘 것이다.

　이 구역은 흡사 현재의 도쿄(東京)시에 필적하는 면적이지만, 경
성은 도쿄와 같은 평면도시가 아니라 산악도시이면서 강변도시이
기 때문에 실제로 이용할 수 있는 면적은 비교적 협소하다. 허나
고지(高地)의 개발은 경성 도시의 건설상 가장 주목해야 할 부분이
다. 현재의 저지대는 대부분 인구 포화상태로 포화밀도가 1인당
10평 이하로 숙식하는 인구가 17만 5천 명에 달한다. 1년 사망률
은 34명으로 타 도시에 비해 1년간 약 5천 명의 초과 사망자를 낳
고 있다. 대체로 저지대 거주의 불편함이 있는 경성에서 어째서
이런 부외(部外) 고지의 개척을 게을리 했던 것일까? 이렇게 높고
고즈넉하며 풍광이 명미한 지점을 헛되이 방치하고 돌아보지 않

없던 것은 옛날에는 성벽으로 인한 장애, 최근에는 수도와 도로가 갖추어져 있지 않은 탓이나, 경성의 지세에 적응하여 장래의 대경성을 건설함은 목하 급무이다. 현재 고저(高低)를 검토해보면,

전면적 3천만 평
10미터 이하 18%
10미터 이상 30미터 이하 33%
30미터 이상 60미터 이하 23%
60미터 이상 26%

즉 60미터 이상은 현재의 수도로 송수(送水)할 수 없기 때문에 거주할 수 없는 토지가 26%, 즉 780만 평, 즉 현재 경성부 내의 각 정(町), 동(洞)의 과세면적의 약 1.5배에 해당하는 고지 면적이 방치되어 있는 것이다. 이것들은 수도의 간단한 설치로 인해 급수가 이뤄지고 도로의 개척만 하면 거주가 가능해지는 주거지역이다.

경성 도시의 주거지역은 고지대에서 이를 찾는 동시에 상업지역은 현재의 저지대, 즉 종로와 혼마치 사이 일대, 남대문 거리에서부터 한강 거리에 이르는 지역인 약 2백만 평으로 조성하고, 공업지역은 한강에 면한 마포, 용산을 대공업지역으로 삼고, 청량리부터 왕십리에 이르는 동부 저지대를 경공업지역으로 삼아 이 면

적 약 6백만 평이라 하면,

주거지역　현재　300만 평,　장래 1500만 평
상업지역　현재　100만 평,　장래　200만 평
공업지역　현재　　25만 평,　장래　600만 평
특별지역　현재　575만 평,　장래　700만 평
　합계　　현재 1000만 평,　장래 3000만 평

이렇게 경성 장래의 구역을 정하고 이어서 이를 상, 공, 주택의 각 지역으로 나눠 지정하며, 각 지역의 성질에 맞는 시설을 만들고 교통을 닦고 건축을 규정하여 그 토지 이용을 완성함과 더불어 주민의 불안과 불편함을 해결하고 능률을 증진하지 않으면 안 된다.

특히 경성과 같은 일부 기성 시가지에서 구획 정리를 행하여 종래의 막힌 길과 우회로를 정리하고 토지를 완전히 이용하는 것은 단순히 교통, 위생, 치안 상 필요한 것들일 뿐만 아니라 지주로서도 극히 유리한 사업이다. 이들을 위해 몇 할의 도로부지를 잃는다 해도 지가의 상승폭은 이로 인한 손실을 만회하고도 남을 것이다. 이들의 구획정리는 완전히 일면(一面) 지주의 토지 개발이용이면서 지주에게 특별한 이익을 가져다주는 것이기에 지주조합과 같은 것을 설립하여 경성부와 협력하여 이를 행하는 것은 지주를

위해 부민을 위해 도시를 위해서 참으로 이익이라고 말하지 않을
수 없다.

　생각해보면 대 경성 건설의 유일한 목적으로 삼아야 하는 바는
반도(半島) 문화의 향상과 진운(進運)을 일으켜 그 생활 경험으로
하여금 더 좋은 후생을 할 수 있도록 하는 점에 있다. 따라서 이
건설에 있어 관민협력의 전체적 일치에 힘쓰지 않으면 안 된다.
즉, 이 건설 통정(統整)에는 전 부민의 일대 노력이 필요하고, 이에
적응하려고 하는 봉사적 관념이 확립되지 않으면 안 된다. 아마도
도시 개량의 문화적 작용은 즉시 모든 부민의 생활 내용을 충실하
게 만들고 그 생활의 가치를 향상시킬 것이다. 게다가 관계있는
부민이면서 신흥 생활 내용을 향해 전진하는 패기가 없이는 도저
히 문화의 건전성을 그곳에서 희망하기 불가능할 것일 뿐만 아니
라 인간협력의 현존을 긍정하는 것도 불가능하다. 감히 대 경성
건설을 위해 시대에 상응하는 진화를 기획해야 하는 만큼 공통된
목적의 달성에 협력하기를 희망하는 바이다.

*『朝鮮公論』 第14卷6号, 1926.6

대 조선 건설과
철도 보급망의 급무

철도의 보급이 국운의 진보와 문화의 발달에 중대한 관계가 있
다는 점은 굳이 논할 필요도 없다.

메이지 43년(1910) 한일병합이 있고 얼마 지나지 않아 천황께서
조서를 내리시어 병합의 큰 그림과 민중을 위한 문물 개발의 성지
를 밝히시었다. 이래로 15년 조선총독부 당국의 시정(施政)이 좋아
인문은 날마다 발전하고 산업의 발달은 주목할 만하지만, 아직도
민도(民度)가 낮고 산업조직과 같은 부분은 유치한 수준을 벗어나
지 못하고 있다.

한일병합의 웅대하신 뜻을 발양하기 위해서는 아무쪼록 조선의
문물 개발에 가장 필요한 철도의 보급을 기획하지 않으면 안 된
다. 그럼에도 조선의 철도는 메이지 33년(1900) 경인선(京仁線)의

개통 이래, 20여 년이 지난 오늘날에 이르기까지 그 거리는 관설과 사설 철도를 아울러 1천 7백 7십여 마일로 해마다의 평균 연장은 38마일에 지나지 않는다.

이를 조선의 토지면적으로 보자면 1백 평방 리(里) 당 12마일 3부로 혼슈(本州)의 57마일 5부, 홋카이도(北海道)의 28마일 2부, 대만(臺灣)의 35마일 3부에 비해 상당히 모자란 것이다. 또한 인구 10만 명당 기준에서 보자면 조선은 9마일인 데 비해 혼슈는 15마일 7부, 홋카이도는 64마일 8부, 대만은 20마일 6부이다. 이로써 조선의 철도 보급이 얼마나 뒤쳐져 있는지를 알기에 충분할 것이다.

조선에는 거대한 각종 부의 원천이 있다. 그 가운데에는 헛되이 매장되어 있는 것들도 적지 않다. 조선의 개척과 중국, 만몽(滿蒙), 러시아 등에 대한 우월한 지리적 관계에서 바라보면 국가의 백년대계를 수립하는 제반 시설을 세우지 않으면 안 되지만, 그 가운데서도 철도의 보급은 눈앞에 닥친 급무이다.

그럼에도 일반 여론은 극히 미약하다. 대부분 어떠한 반향도 들리지 않는다. 참으로 애석할 뿐이다. 이러한 조선 개발이라는 거대한 문제에 대하여 모국의 선각자가 크게 지도하고 채찍질하며 힘을 다해도 특수 계급인 자들을 제외한 대부분의 민중이 쇠귀에

200

경 읽기인 꼴을 보면 이 사업의 달성은 어렵다. 대 조선 건설을
위해 여기에 일대 경종을 울려 잠자는 민중을 깨우는 것은 본 회
사의 당연한 사명이다. 이러한 까닭으로 재선(在鮮) 철도관계 유
력자들의 고견을 구하고 이를 채록하여 일반에 제공하기로 한 것
이다.

* 『朝鮮公論』第14卷6号, 1926.6

30년 후의 대 경성

●

가메오카 에이키치(龜岡榮吉)

국민협회본부(國民協會本部)

서문

세상에는 백년대계라는 말이 있어 어떠한 계획이라도 백년 단위로 잡아야하는 건가 하는 생각이 든다. 그리하여 30년 후의 경성과 같은 스케일 작은 이야기를 하려고 하면, 역시나 일본인이 할 만한 소리라고 비웃음 사리라는 것은 알고 있다. 하지만 총독부의 신청사를 기공할 때에는 굉장히 심대한 일이라고 했음에도 불구하고, 준공한 오늘날에서 보자면 협애함(狹隘)을 느끼게 되는 전례도 있다. 또한 오무라(大村) 철도국장의 철도계획은 10년, 시모오카(下岡) 씨의 산미계획도 10년이다. 30년이라고 하는 것은 회

사나 은행의 존립 기간으로 사용되는 것 이외에는 그다지 들을 일
이 없을 정도로 긴 미래의 시간이라 하고, 경성부의 도시계획을
슬쩍 보면서 30년 후의 대 경성을 꿈꾸어 보고자 한다.

물론 이야기는 30년 후에 속한다. 지금 핏덩어리가 30세가 된
때의 경성이다. 35세인 내가 머리가 셀 65세 때의 경성이고, 지금
50세 이상인 사람들 대부분이 명도(冥途)로 여행을 떠난 경성인 것
이다. 꿈이라면 저 세상과 이 세상을 왔다 갔다 하는 대규모의 일
도 있겠지만, 점괘란 맞을 수도 안 맞을 수도 있다는 말처럼 남산
의 봉우리에서 한강에 뛰어드는 기분으로 맘먹고 글을 쓰게 되었
으나 그 내용은 간판 그대로 거짓 없이 30년 후의 이야기를 다뤘
다. 이 상상이 맞지 않는다면 그것은 필자의 죄가 아니라 계획을
한 경성부의 죄라고 단언해 두는 바이다.

직경 3리의 대원도시(大圓都市)

겨우 반세기 전까지는 북쪽에 북악(北岳), 남쪽에 목멱(木覓), 서
쪽에 인왕(仁王) 등 각 산을 지고 서남으로 겨우 트여 양양한 한강
에 임하는 요새를 자랑하고 있었으며 이를 주위 4리(里) 26정(町)의
성벽이 둘러싸고 있었다. 동서남북의 4대문과 그 중간에 4소문을

세운 이조의 왕도 한성부(漢城府)도 한일합병 이후 도로의 개수 등에 따라 성벽이 헐리고 누문은 두셋을 남기고 나머지는 그 흔적도 남지 않기에 이르렀다. 성의 내외로 이어지는 땅이 되어 널리 동서로 1리 33정, 남북으로 3리 12정, 면적 2, 35 평방 리(里) 일주(一周) 리 정도, 7리 26정, 총 평수 1천 63만 평이었다. 이것이 30년 전에 수립된 도시계획의 실현으로 인해 오늘날에는 구 고양군(高陽郡) 용강(龍江), 한지(漢芝), 숭인(崇仁), 은평(恩平), 연희(延禧)의 각 면 및 한강 건너 시흥군(始興郡)의 일부까지 경성부에 편입되어 이전 남단(南端)이라 부르던 남산(南山)을 중심으로 원주 직경 3리의 광활한 땅이 총 평수 3천 3십만 평에 달하게 되어 도시계획 이전과 비교하면 약 2배의 면적이 되기에 이르렀다.

30년 전의 경성에는 내외인(內外人)을 합해 30만 명이 살았다. 오늘날 편입된 각 면의 인구는 9만 명이고, 계획 당시의 증가 예상은 경성부가 1년에 1천 명당 22명, 인접한 면이 32명으로 30년 후의 오늘날에는 총계 60만 5천여 명이었다. 하지만 실제 경성의 번영은 예상 이상으로 각종 공업이 발흥하고 상업 또한 번창하여 산업과 문화면에서 놀랄만한 발달을 불러일으켰다. 한편 교육의 보급에 따라 지방 청년 등이 도회지 생활을 동경하는 일이 급증하여 농촌의 피폐라고 하는 슬픈 현상을 돌보지 않고 점점 경성으로

207

이주하는 일이 급격히 증가하고 그들이 나아가 경이로운 번식률
을 가지고 진행되었기 때문에 최초에 60만여 명이었던 예상을 돌
파하여 2할보다 조금 많은 총 인구 75만 명이 되기에 이르렀다.

나는 여기서부터 대 경성의 규모와 구조를 소개해 보려고 한다.

상업지역과 주택 촌

30년 전까지는 아사히마치(旭町) 방면, 즉 남산의 북쪽 기슭 일
대로부터 황금정(黃金町) 종로 거리를 따라 상가, 공장, 주택이 혼
잡하게 지어져 난잡함의 극을 달렸다. 허나 오늘날에는 상업, 공
업, 주택 등 각 지역을 깔끔히 구별, 그 일대에 소재했던 주택이나
공장 등이 대부분 전부 철거되어 순수한 상업지역이 되었고 3층,
4층 되는 큰 건물이 연이어 늘어서 있다.

특히 가장 눈에 띄는 것은 조선은행(朝鮮銀行) 앞의 구 부청(府廳)
터에 미쓰코시(三越) 백화점 5층 건물을 시작으로 회사조직 빌딩들
이 지어져 당당한 도시미를 발휘하고 있다는 점이다. 더욱이 미쓰
코시 옆으로 들어가 혼마치 거리의 뒤편에 12간(間)도로가 만들어
졌으며 여기에 남산, 야마토(大和) 등의 옛 거리 명을 없애고 새로
이 남산 거리라는 명칭을 붙여 이제는 혼마치의 번영을 넘볼 정도

로 붐비는 거리가 되기에 이르렀다.

북부에는 의주(義州) 거리의 교북동(橋北洞)에서부터 사직단(社稷壇)을 거쳐 총독부 앞으로 나와, 나아가 창덕궁(昌德宮) 앞에서부터 원남동(苑南洞)에 이르는 12간도로가 완성되어 이 방면의 발전도 눈부시다.

상업지역은 동대문 밖 신설리(新設里)와 광희문(光熙門) 밖 하왕십리(下往十里)에 다다르며 남쪽 방면의 신구 용산(龍山)도 허리띠 같은 모양으로 그 지역을 둘러싸고 있다.

그리고 철거된 주택은 한강 강변의 구 한지면(漢芝面) 일대와 옛 은평, 연희, 숭인 면에 지어졌으나, 그중에서도 남산의 뒤편에는 멋진 문화촌이 생겨 약 30년 전에 비하여 격세지감을 느낄 정도이다. 또한 청량리(淸涼里), 제기리(祭基里) 방면에는 바둑판 형태로 구획된 신시가지가 건설되어 그 옛날 넓은 논이었던 흔적도 남지 않았다. 광희문 밖의 걸인 촌도 말끔히 철거되었다. 그 중앙을 왕십리 거리에서 갈라진 남산의 우회도로가 10간 폭으로 만들어지고 그 길을 따라 제대로 된 시가지가 서 있다.

전차도 장충단(獎忠壇)선이 이 방면으로 뻗어나가 남산을 우회하고 강변을 따라 신 용산으로 나가는 노선과 미사카(三板) 거리로 통하는 두 노선이 만들어졌기에 철로 연선의 주택에서 경성의 중

심지점까지 나가는 데에 겨우 20분 전후로밖에 걸리지 않게 되었다. 이렇게 되면 옛날에 교외라고 불렸던 지역도 당당한 경성 도(都)의 일부로서 그 문화를 뽐내는 데에 아무런 이상한 점도 없게된 것이다.

강변의 공업지역

공업지역으로는 옛 이름 마포(麻浦) 및 새로 편입된 노량진(鷺梁津) 일대와 청계천(淸溪川)의 하류 청량리, 왕십리 두 역 밖의 일대가 지정된 이래, 크고 작은 공장은 모두 이 방면으로 이전했다.

그 가운데서도 노량진의 제련소는 자본금 1천만 엔으로 설립되어 조선 내의 광산물을 일거에 빨아들여 그 규모가 동양 최고라고말해진다. 방적업도 발달하여 이 방면에 두세 개 공장이 설립되었으며, 특히 철공업의 흥성은 눈부실 정도이다.

경성의 전기는 이미 관영화 되었고 발전소도 동막(東幕)으로 이전하였다. 가스제조공장도 함께 세워져 거대한 규모는 강 건너 제련소를 능가할 정도이다.

왕십리 방면에는 비료공장 및 기타 공장이 구석구석 세워져 얼핏 보면 공업 도시처럼 보일 정도에 이르렀다.

이러한 각종 공업의 발흥과 함께 노동문제가 부산히 논해지기 시작한 결과, 자본가 측에서도 여러 가지로 노동자 등을 위안하는 기관을 설치하고 이런저런 시설을 갖추게 되어 곳곳에 운동장이나 클럽 등이 들어서게 되었다. 그리하여 옛날에는 개구리 우는 소리밖에 들리지 않았던 이 지역에 기적소리, 망치소리, 엔진 돌아가는 소리가 멈추면 피아노나 오르골 소리의 미묘한 선율이 울려 퍼지거나 영화 및 기타 서민 흥업도 융성하게 되었다. 30년 전까지는 교외라거나 수해 지역이라 해서 경성의 사람들이 쳐다보지도 않았던 지역이었으나, 이렇게 발전한 것이 참으로 놀라울 정도이다.

위대하다, 경성도(京城都)

우리 경성이 시제(市制)에 들어간 것은 20년 전의 일로 완전히 자치제를 실시하게 되었으며 이후의 진전은 놀라울 정도이다. 내지에서도 6대 도시로 불리게 된 곳은 어디든 도제(都制)를 채용하였는데, 경성도 반도의 수도로서 보통의 시제로는 불편함을 느끼는 일이 많아졌기 때문에 지금은 도제를 채용하였다. 30년 전에 3등 1급의 부윤(府尹)이 다스리던 경성도 지금은 대신(大臣) 급이 도장(都長)을 맡아 도지사 따위는 말도 꺼내지 않게 되었다.

도회(都會) 의원도 그 질이 현저히 개량되어 단순무식 투쟁가나 거수기 의원은 흔적을 찾아볼 수 없게 되었고, 누구라도 당당히 자신의 주장을 펼치는 사람들을 통해 도민의 이익이 대표될 수 있게 되었다. 물론 30년 전에 세워진 부 청사는 총독부 청사가 완성되자마자 느껴졌던 협소함 이상으로 좁게 느껴져 20년 전에 뒤편으로 대증축하였으며, 의사당 같은 것도 웅대하고 화려하게 반도 수도의 이름에 걸맞은 모양으로 완성되었다.

그리고 지금의 경성 도에서는 전기의 직영을 단행하였으며 수도, 화장(火葬), 오염물 청소도 모두 전력에 의지한다. 나아가 전차 선로의 대대적인 연장을 행하여 남산을 중심으로 한 일주선로(一周線路)를 부설한 것은 물론 북악산 기슭의 우회선 및 기타 시내에 여러 선로를 증설하여 한강철교를 거쳐 노량진으로도 통하고 구 용산선은 강변을 우회하여 마포 선으로 이어지며 나아가 공덕리(孔德里), 동막(東幕)을 거쳐 신촌(新村)역에 이르게 되었다.

이렇게 해도 아직 시내 교통은 완전하지 않기 때문에 가까이 고가철도 또는 지하철도를 부설하려는 의견이 유력자 사이에 외쳐지게 되었다.

도로의 신설 개조는 여기서 말할 것도 없다. 모든 도로가 완전히 포장되어 그 옛날 먼지의 도시라고 불렸던 경성도 이제는 항상 청정한 공기로 가득 차 먼지 오르는 일도 볼 수 없게 되었다. 오로지 공장지역에서만 검은 연기가 짙은 것은 어쩔 수 없다. 하지만 이것도 사용하는 석탄에 제한을 두어 매연 방지 대책이 갖춰져 있으므로 머지않아 제거되기에 이를 것이다.

9대 공원

이렇게 인구가 증가하여 남산을 중심으로 출현한 대 경성 도는 산업과 문화에서만 개선을 더하는 것으로 만족할 리가 없다. 즉, 도민의 위안 설비 및 기타 사회시설에서도 뒤떨어지는 점이 있다면 대도시로서는 불명예스러운 일이다. 그렇기에 먼저 공원 완성이 급무가 되어 남산 숲 사이의 공원 규모를 확대하여 이를 장충단과 연결시켰고 이로써 중앙공원의 완성을 고했다. 파고다 공원, 사직단, 효창원(孝昌園), 철도공원 등 30년 전부터 있던 것들도 확장하고 개선하여 지금은 문자 그대로 옛 모습을 일신했다. 그 가운데에도 효창원은 노송이 선 모습을 배경으로 하여 그 규모를 정돈하였고, 용산에서 아현(阿峴)에 통하는 언덕 위 일대를 확장하고 여기다 구 용산, 봉래정(蓬萊町), 아현, 마포 사방으로 통하는 도로를 만들었기 때문에 이 지역의 사람들 중 산책하는 이들이 상당히 많아졌다.

새로운 공원으로서 종묘(宗廟)가 개방되어 북부의 유람지가 되었고, 공덕리의 대원군 묘지 부근에 지어진 것, 한강인도교를 건넌 곳에 봉산전원(鳳山全園), 경성 그라운드의 외랑(外廊)에 설비한 것 등이 있으나, 그중 가장 큰 것은 청량리의 소나무 숲을 배경으로 한 숲속 공원이다.

기타 사회현상이 복잡해짐에 따라 대책을 갖춘 것도 두세 개에만 그치지 않는다. 그중에서도 사자소(捨子所)나 탁아소 같은 것들이 수 개소 설치된 것은 가장 주목할 만한 점이라고 본다.

사자소의 필요성을 느끼기에 이른 데에는 우리 경성 도의 산업, 문화가 발달한 결과, 다수의 지방 청년 자녀 및 노동자가 유입되어 풍기가 현저히 퇴폐하였기에 자연스레 사생아의 출산수가 많아졌고 처분에 곤란해진 사람들이 곳곳에 아이를 버리는 것은 물론 낙태라든가 영아 살인이라는 범죄가 급증하여 종교가의 우려를 사게 되었다. 이에 대한 구제책으로 독일에서 유행한 사자소를 모방하여 남산공원, 청량리공원, 효창공원 같은 곳에 이를 설치함으로써 곤란한 처지의 영아를 버리게 하고 이를 인수하여 양육하게 된 것이다.

현재에 이르러 노동자의 생활 상태는 아직 충분히 개선되지 않았기 때문에 자식이 딸린 가정은 상당히 비참한 형편인 데가 적지 않다. 이에 부부 맞벌이를 위해 유아 탁아소가 세워졌는데 이는 도에서 운영하고 있다.

문명 기관의 완비

30년 전에 이제 막 유행하기 시작했던 라디오는 지금에 이르러는 완전히 실용화되어 경성의 하늘은 각 집의 안테나로 어둑어둑해질 정도가 되었다. 그리고 음악이나 강연 등은 무엇이든 자택에서도 들을 수 있게 되었기에 다수의 사람들이 모이는 일은 극히 드물게 되었다. 30년 전에 안도(安藤)라는 청년이 발명한 활동영화의 방송도 지금은 전성기를 맞이하여 영화 팬들은 자면서도 이를 볼 수 있게 되었다.

그 결과로서 두 가지 현상이 나타났다. 하나는 활동상설관(活動常設館)의 폐업이고, 또 하나는 이 방면에 있어 불량 청소년의 비행이 현저히 줄어든 점이다.

그럼에도 불구하고 그들이 결코 절멸한 것은 아니었다. 아니, 오히려 보다 대규모 집단을 만들어 다른 지역으로 활동범위를 넓

히게 되었다. 시험 삼아 나날의 신문지를 보면 효창원 공원에서 부녀자를 욕보였다거나 남산공원에서 어떤 처자가 습격당했다는 기사가 4호 활자로 조그맣게 게재될 정도로 드물지 않은 일이 된 것이다.

그리고 이런저런 지능범의 수가 점점 증가하여 경찰서가 7개로 증설되었음에도 불구하고 충분한 순찰이 힘들 정도이다.

또한 한편으로는 음악회라든가 강연회 같은 것에 출석하지 않아도 되는 관계로 많은 사람들이 외출할 기회가 줄고 집에만 틀어박혀 있어 안색이 시퍼레졌다. 그로 인해 경성 도의 사회과에서는 도민 보건 상 중대한 문제라고 판단하여 연구한 결과, 각 공원에 라디오를 설치하여 산책을 하며 이를 청취할 수 있도록 했으나 조금도 효과를 보지 못했다. 꽃구경 철에만 무수한 인파를 볼 수 있는 것은 30년 전이나 지금이나 변한 게 없다.

비행기의 발달

이는 경성에서만 일어나는 현상이 아니라 세계의 교통기관은 거의 대부분을 비행기를 통하여 하게 되었다. 내지와 조선 사이에는 도쿄·경성을 기점으로 하는 항공 간선이 설치되었고 여행객은 이 노선을 따라 왕복하고 있다. 경량품은 비행 편으로 보내고 있으나, 그중에서도 하절기 어류 수송에는 여러 면에서 비행기가 각광받고 있다. 30년 전까지만 해도 냉장선을 건조하는 데에 총독부가 상당한 노력을 기울였지만, 이제 와서 생각해보면 그 유치함에 질려버릴 정도이다.

우리 경성의 비행기회사는 3년 전에 이기연(李基演)이라는 청년에 의해 자본금 50만 엔의 회사가 설립되어 경성-오사카 간의 우편비행을 개시한 것에서 시작하지만, 지금은 옛날의 철도국을 교통국이라고 개칭하여 여기에서 철도와 함께 공중 운송을 담당하게 되었다. 경성 역에 인접한 4층 청사를 만들어 용산 구 청사, 관사, 공장 등을 취급하고, 비행기의 착륙장으로 삼아 여객은 여기서 비행기에 탑승하도록 되어 있다. 내지와의 왕복 편은 하루다섯 번 있어 경성-오사카 간은 하루에 왕복할 수 있게 되었다.

30년 전까지는 비행기란 추락하는 것으로 받아들여져 위험한 물건 취급을 받았지만 지금은 절대적으로 안전한 것이 되어 원활하게 하늘을 자유롭게 날게 되었음은 물론이다.

이렇게 비행기가 발달한 반면 철도사업이 쇠퇴했냐 하면 절대아니다. 관철, 사철 노선의 거리는 4천 마일에 이르고 경성을 중심으로 하는 반도의 개발은 눈부시게 진행되고 있는 것이다.

한강의 대 개수(大改修)

그 옛날 마의 한강이라 저주받으며 많은 사람들을 투신으로 몰아넣거나 익사시킨 것뿐만 아니라 매년 우기에는 꼭 범람하여 참혹한 피해를 주었던 한강도 이 20년 동안 강변의 사방(砂防) 공사나 식림을 통해 치수(治水)의 근본이 완성되었다. 그리고 제2 방책으로 5천만 엔을 들여 대 개수를 실시하였고 10년의 세월을 거쳐 올해 드디어 준공을 알리게 되었다.

즉 상류 방면의 강에 파암(破岩) 공사나 준설을 행한 결과, 용산부터 멀리 춘천 방면까지 증기선이 운행할 수 있기에 이르렀다. 나아가 하류에 대규모 준설을 행하고 마포에 일대 항구를 건설하여 바야흐로 경성은 육상 도시인 동시에 바다로 통하고, 3천 톤급의 증기선 7, 8척을 강변에 정박시킬 수 있게 되었다. 옛 사람들은 운하를 만들어 인천으로 통하게 하는 계획도 세웠다지만, 특별히 산을 무너뜨리지 않아도 드넓게 흐르는 물을 이용하면 되는 것이다. 별거 아닌 일에 머리를 맞대고 고민했음에 동정하는 마음마저 들 정도이다.

물론 이로 인해 인천의 번영이 어느 정도 박탈됨은 피할 수 없었다. 인천의 유일한 자랑이었던 거래소도 경성으로 이전하고 소형 선박 운하도 마포에 생겼기 때문이다. 게다가 수백 대 정도 되었던 크고 작은 선박도 대부분 마포 강변에 모이게 되었기에 인천은 다시 옛날의 제물포 시절로 복귀하는 듯 했다.

그러나 인천의 쇠퇴를 그대로 내버려 두는 것은 경성 도에도 좋지 않은 일이라 하는 논의가 왕성하여 현재는 대형 조선소를 만들거나 염전을 확장하거나 또는 기타 크고 작은 공업을 일으켜 새로운 대 인천의 건설에 착수한 듯하니 10년만 지나면 인천의 모습도 일신할 것이라 상상할 수 있게 되었다.

* 『朝鮮公論』第14卷7号, 1926.7

재조일본인이 바라본 조선의 풍경과 건축

1910-20년대 『조선공론』 편

초판 1쇄 발행 2015년 6월 26일

엮고 옮긴이 김태경

펴낸이 이대현
편집 권분옥 이소희 오정대 이태곤 문선희 박지인
디자인 이홍주 안혜진 | 마케팅 박태훈 안현진
펴낸곳 도서출판 역락 | 등록 303-2002-000014호(등록일 1999년 4월 19일)
주소 서울시 서초구 동광로46길 6-6(반포4동 577-25) 문창빌딩 2층(우137-807)
전화 02-3409-2058(영업부), 2060(편집부) | 팩시밀리 02-3409-2059
이메일 youkrack@hanmail.net
역락블로그 http://blog.naver.com/youkrack3888

ISBN 979-11-5686-204-8 03830
정 가 13,000원

* 이 도서의 국립중앙도서관 출판예정도서목록(CIP)은 서지정보유통지원시스템 홈페이지(http://seoji.nl.go.kr)와
  국가자료공동목록시스템(http://www.nl.go.kr/kolisnet)에서 이용하실 수 있습니다.(CIP제어번호: CIP2015016945)